同仁堂

拆哪China 北京！

臺灣媽媽的北漂驚奇

藍曉鹿——著

推薦序

看見不一樣的北京

管中祥　中正大學傳播系副教授

在臺灣見到的中國，大概只有兩種樣貌，一是大國崛起，中國一級城市遍地黃金，臺商不斷前仆後繼，媒體也不斷告訴我們，中國青年有多帶勁、多有競爭力，臺灣青年再不奮發，臺幹就會變臺傭；第二種形像則是，中國黑心到不行，SARS叫做中國肺炎，有黑心商品，有黑官貪汙，各式各樣的「中國因素」想把臺灣吞吃入腹。

這些都算是事實，卻只是片段的事實。中國那麼大，如果我們只從這兩種面向認識中國都只是片面印像。

中國的首都北京也是一樣，這個從小就出現在我們歷史課本裡的城市，我們從來都是一知半解，即使是現在透過主流媒體來認識北京，一樣是一知半解。

我們當然不可能對任何一座城市全盤了解，因為，任何一個地方都是多樣且複雜的，只是我們有沒有可能、願不願意從不同的角度拼湊出多樣的面容。

藍曉鹿是一位很特別的作者，和絕大多數的臺灣讀者有著很不一樣的生活經驗。江蘇長大、臺灣工作，又回到北京讀書。她是一位學生，是一位職人，是母親，也是一位四處閒逛的人類學家。

《拆哪！北京！臺灣媽媽的北漂驚奇》，一語雙關，除了讓我們看到北京拆掉從一九四九年築起的高牆後所面臨的新衝擊，同時也拆除了許多人對中國、北京的既有框架，無論是多麼根深蒂固的厭惡，或者是一種莫名奇妙的樂觀想像。

這是本有關拆除的書，不是怪手，也不是利刃，而是一篇一篇生活札記，以及日常生活的真實體驗，讓我們從拆毀的縫細中觀看不一樣的北京。

推薦序

從中國看見臺灣

盧郁佳　金石堂商品行銷總監

中國總能帶我們看見臺灣。

北京運將說他交了高額規費，是舉世唯一每天領「負薪水」的行業。

臺灣從承包低價團的導遊領隊，到賄選上臺的縣長、立委，

民生痛苦不外是這些負薪水行業在合理回本賺錢。

中國總能帶我們看見自己離民主還有多遠。大家不急，慢慢來。

作者序

我看北京

每一本書都有一個前言，我個人以為，在前言中大致要說明兩件事，第一是從作者的角度來說，我為什麼要寫這本書；第二是從讀者的角度來回答，我憑什麼可以寫這本書，同樣的題材，為什麼大家要看這位作者寫的，而不是其他作者寫的。

我先來說說第二個問題。大陸現在的題材很熱，商人關心這個巨大市場的投資環境，文化人關心那裡的人文涵養。這個題材若是由一個大陸的當地人來書寫，可能很兩極：拍官方馬屁的人，可能滿篇胡話，粉飾太平；心懷抱怨的人，可能又是非常極端的詆毀之詞。很神奇的，臺灣人看大陸也是兩種極端：一方面看到他們世界工廠的地位與龐大的消費人口，另一方面，又看到來臺的遊客，不懂禮儀，大聲嚷嚷，大手筆消費，暴富族的高調炫耀。

我覺得大概是因為我特殊的經歷——我前二十多年的人生都在大陸度過，後二十年則生活在臺北，所以我會自然地以現在居住地的眼光、以一個臺灣人的眼光來看大陸。但又因為我過去曾經是其中之一，所以看對岸的體制，可以在官方宣傳的謊言下，體察到後頭的真實，於是對那裡的人，在責備中多了一分體諒。是因為這個特殊角度的關係吧，所以出版社的主編一開始看到依然紛亂的初稿，便非常喜歡，決定要出這本書。

另一個問題是，我為什麼要寫這本書。

我是過了一朵花的年紀才有機會去大陸念碩士。臨去之前，朋友們問說，妳去念書，小孩怎麼辦？我想也沒想便回答說，帶過去啊。聽到這話，朋友無不瞪大了眼睛，她們沒說出口的是：帶著小朋友去一個那麼混亂的地方，也太挑戰了吧？

我最初的想法是，不管新聞裡怎麼報，大陸依然是我度過前二十年生命的地方，是一個落後卻單純的地方，帶著孩子去讀書，不過是回到最單純的學生生活，難道會遇見什麼嗎？

但是過去之後，所見所聞卻大大出乎我的意料，做為大陸第一學府的北京大學校內美麗的環境、深厚的學養自是沒得說，但是一出了校門，看到的卻是商業化的大都市，從賣新疆切糕的小詐小騙，到報刊亭裡官方印刷的政商謊言，偌大的北京城，簡直好像一個五光十色的光譜，政治、商業、文化，奮起、欺詐、多元，叫人目不暇給。

我從來沒想過要創作非小說，所以文中每一篇題材，都不是事先策畫，包括我要寫哪一個人、哪一件事。因為遇見什麼人，碰上什麼事，都不是我預先料想到的，而是遇見之後的感動或感慨，有時候是心動有時候是無奈，讓我這個習慣用書寫來記錄生活的人，覺得必須寫點什麼。套一句俗話，不是我要寫這本書，而是這本書要我寫出來。

這本紀實文字，一開始初訂的書名是《看哪！北京！》後來經過出版社多方討論，改為《拆哪！北京！》我一看到這個書名就覺得非常棒！因為「拆哪」，一方面是諧了「China」的音，另一方面，「拆」這個字大概是最能體現今日大陸風貌的字了。城市飛快建設，大街小巷隨處可見大大的紅色「拆」字，因應巨大的商業化潮流，人心的舊價值、舊文化，不管好壞，統統也是一個「拆」字，正如豪放派民謠歌手川子所唱的：「拆哪，就是中國啊。」

最後，可能有好奇的讀者會有個疑問：妳是怎麼樣從大陸來臺灣的呢？是婚姻嗎？說來說去，妳是一個大陸新娘啊！

首先，我想對這樣的朋友們說，請不要叫我大陸新娘。因為大陸新娘，或越南新娘，或是其他地方的什麼新娘，是一個非常歧視的稱呼，構詞方式類似於泰國榴槤、印度咖哩、花東芭樂，人被貶低成了物。但是人與物的差異是，人是有心情的，人是有故事的。

我非常樂意對讀者細述我的人生故事，不單單是非常樂意，更是傾盡全部心力，希望把我唯一想說的故事說好。只是這部分內容要放在另一本書裡。對曉鹿的個人經歷好奇的讀者，敬請期待下一本創作。你們的期待是我最大的動力，我想，因為有了這個動力，再沉重的故事也有完整說出來的一天。

謝謝大家！

北京居，大不易

拆哪！北京！

那些看不懂的事

那些燕園的人與事

附錄　大陸常用語非官方辭典

北京居，大不易

北京城是以紫禁城為中心、呈輻射狀延展開來的古老帝都。城中之城，也就是如今的北京故宮，即過去的紫禁城，曾是皇帝生活的禁區，因此取名為「紫禁城」。紫禁城內的重要建物都呈軸對稱分布，這個城市的風貌具體化了中國儒家「居中不偏」、「不正不威」的治國理想。

中國歷代皇帝都深信座下皇位不僅得到上天應允，且傳承自祖先，因此自己的統治是絕對合理的。這種信念表現在建築上，就是遵循左宗（宗法）右社（國土）規矩來建造宮室前方的宗廟。附圖即為故宮裡的社稷壇，古代的帝王就在這裡祭祀社（土地）和稷（五穀）。

一九四九年後，「左宗」被改建為北京市勞動人民文化宮，在中軸線上先後增加了人民英雄紀念碑和毛澤東紀念堂。

這就是現在的中國，現在的北京。西方的民主制度始終無法在這塊土地上生根，古老的平衡卻又被打破了，權力和利益都集中於少數人手上。

一條馬路，兩個世界

託了朋友，把孩子在大陸就讀的學校敲定之後，過了而立之年的我，似乎真的要動身去北大念那想了很久的書。訂好機票後，我在網路上找了一家以環保整潔出名、離清華很近的便捷酒店，靠近小朋友要上的附小。班機在北京降落之後，已是晚上八點了，叫了車穿過夏夜中的北京市區，到達酒店已經很晚了。酒店裡的裝潢不算豪華，但確實乾淨整潔，且收費果然如網路上所言。忙碌一天後，我和小寶度過了在北京的第一晚。

第二天一早，小寶的大呼小叫驚醒了我。「我的天哪！」小寶，發生什麼事了？「我從沒見過這麼大……」有什麼奇怪的，大陸北方嘛，什麼都大的。「不是不是，妳來看。」我揉著睡眼走過去──「我的天哪，我從未見過這麼多垃圾！」這回換我驚聲尖叫了。

原來這家便捷酒店所在的雙清路，是北京最大的垃圾回收中心（這是在網路上查不到的），沒有分類的垃圾堆成了山，面對北國逼人的烈日，散發出陣陣惡臭。穿著襤褸的女人和光著上半身的男人在垃圾堆中忙碌著，他們一舉手，一抬足，每一個動作都引來蚊蠅一陣飛舞。

我快速梳洗，帶著小寶與尚未打開的七箱行李去櫃檯結帳，叫車趕往他處。

車子沿著雙清路走，經過林大北路和清華東路之後，不出十分鐘就是清華大學的正門。清華大學位居中國應用科學之冠，是現今大陸商場上叱咤風雲的清華幫發源地，清華幫操控著大陸股市百分之五的股本。旁邊的成府路是清華高科技園區，很多國外公司都聚集於此，包括微軟、P＆G等世界五百強企業，也包括本土知名企業如網易、同方、紫光集團等。一棟棟高樓林立，整片玻璃閃著冷豔藍光，再加上低調隱沒在街角的星巴克，恍惚中教人誤以為置身國外大都市。

一個現代社會，怎麼會讓貧富懸殊到這等地步，說來自有其歷史原因。因為大陸目前的商業環境並不是經過自然演變形成的，不是由市場這個看不見的手慢慢調整，進而到達一個成熟商業社會的榮景。在立國之初，國家經濟完全由中央統一掌控，連最不起眼的商品買賣都由國家統一完成，這樣的後果造成全社會的怠惰與懶散，國力漸弱。

一九七八年後，鄧小平逐漸走入權力中心。他意識到生產力是國家發展的重要動力，開始施行改革開放策略，鼓勵「一部分人先富起來」。問題是，哪一部分可以先富呢？在這個社會由完全公有到部分私有的轉變過程中，決策圈裡的人得政策之照顧，獲得了諸多優惠。三十年改革，可以說，是把部分國有資產進行了一次不平等的重新劃分。

在民主社會的臺灣，我們常常看到媒體詬病某些人士「政商勾結」。因為為政者是制訂商業遊戲規則的人，商人則是商業遊戲的運動員、參與者，今天如果發球者兼了裁判，社會的商業遊戲便無公平可言。而大陸剛好就是這種情景。

大陸當今的社會貧富分化不是偶然的，偶然的是這條雙清路，剛巧一頭連在金字塔頂端，另一端通到金字塔底層。一條馬路的兩端是兩個截然不同的世界，生活著截然不同的兩種人：塔底的人裸露著上半身，如蛆蟲般蠕動在垃圾之間，往來的三輪車上裝載著比車身多出三、四倍的垃圾；塔頂的人則是高科技的外商公司、高薪的知名國際企業要員，馬路這廂穿梭的是世界級名車，強化玻璃在陽光下熠熠生輝。

當今的為政者擺在眼前的難題大概就是如何面對這個貧富分化的金字塔。要不做個公正的裁判，為塔底的人代言，但是這樣可能得罪了塔頂的人，給他的執政帶來危機；要不繼續做個盲目的裁判，維持現狀，但是現狀真的可以維持下去嗎？只怕那些既得利益者的胃口愈來愈大，當私欲膨脹到塔身支撐不住的時候，他的執政一樣是危機。如何兼顧兩方面，讓金字塔下方的人過得像人的樣子，體面而溫飽；如何讓金字塔頂端的人也過得像人的樣子，謙卑而仁慈，別再讓這條雙清路失衡，這就需要當政者的大智慧了。

1 二〇一二年夏天回到雙清路，發現附近的土地已被知名建商買下，要打造成百年書香的高檔社區，堆積成山的整片垃圾不見了，垃圾集散地轉移到了附近其他地區。但接近雙清路時，垃圾車還是多了起來。

2 雙清路的另一端高樓林立，這裡的清華高科技園區，有很多國內外知名企業入駐。

只為那一方地

長安居大不易，這句唐朝詩人顧況拿白居易的名字開的玩笑[1]，後來用來形容在大城市裡討生活極為不易。到了現在，又用來形容臺北市的房價之高，是每個人心中的痛，剛出社會的年輕人更是望房興嘆：買不起。其實在大陸的大城市，特別是北京、上海、廣州，房價之高也令人咋舌。況且，在臺北，買不起總租得起吧？找一家可以信任的仲介，租到合理的價錢，應該不是太難。但今天去了北京，才知道租也不容易啊。

來北京開始看房子之後，突然理解了郁達夫寫的《故都的秋》，他說：「在北平即使不出門去吧，就是在皇城人海之中，租人家一椽破屋來住著，早晨起來，泡一碗濃茶，向院子一坐，你也能看得到很高很高的碧綠天色，聽得到青天下馴鴿的飛聲。」真的到了北京，才知道那個「破屋」到底有多破。

北京老屋破爛程度超乎人的想像。位於北大、清華校園內的平房，雖然離學校近，卻讓人覺得無法走近。第一是廚房，老式抽油煙機的機身沾滿了油汙，油槽裡黑色的積油幾乎快要滿溢出來；第二是浴室，在寒冷的北方，以前人沒有在家洗澡的習慣，習慣去公共大澡堂泡澡，因此所謂的浴室，其實只是在洗手間內的抽水馬桶上方，突兀地加裝一個蓮蓬頭。非常奇怪，好像在馬桶的身體上，長出一個蓮蓬頭來。

這樣來來回回的看了幾間，幾乎要放棄之時，終於看到一間某銀行的員工宿舍。大陸以前的公有制度之下，大部分人的住宿問題是由公家單位安排的，所以像銀行這樣比較賺錢的行業，員工宿舍也就比清水衙門的學校好很多。

三居室（三房兩廳）的屋子裡，主臥室鋪了實木地板，牆壁也包貼了絨布，主臥裡有獨立的衛浴設備。因為一向喜歡木質地板，所以看到這間，我便有些心動，當天就付了訂金。

第二天簽合約時卻傻了眼。北京的屋主大多是當地人，房客大多是外來者，因此他們的租賃合約是非常保護屋主的。押一付三（一個月押金，三個月房租）是行情，若是透過仲介，就要外加一個月的仲介費，所以第一次付房租是五個月。我還聽說過，一聽租屋者是臺灣人，合約立即改成押一付六，如果透過仲介的話，第一天租屋就要付八個月的房租。

以一個月租金三千二人民幣的三居主臥房估算，仲介費加上預收一年的物業費（即管理費）、有線電視費，和一些奇奇怪怪的費用，當場竟然要支付近兩萬元人民幣（合臺幣近十萬）。

北京房價為何如此高？原因很多，其中一項重要因素是，大陸的土地依然是國家所有，而土地的使用權屬於當地政府。因此不只北京，大陸很多城市的地方政府都把土地使用權轉讓，當成獲益的重要來源。因此，哄抬房價或明或暗，都受政府的鼓勵。房價貴了，總體經濟成長率提高了，相關產業也被帶動起來。

其次，就個人而言，在一九九〇年代末期，中國政府決定將大部分房屋使用權轉交給私人，因此以極低的價格（通常可以用萬元左右人民幣買下整套住房，不過對那時的收入來說，這已是天文數字），多數當地人都取得了房產。因此對握有房產的當地人來說，房價上漲正是他們所期待的。一位北京當地的朋友來看我租的「豪宅」，聽到我租的價錢，瞪大了眼睛，「哇，北京的房子這個行情啦？」然後不無調侃地說：「想想共產黨對我們還挺好的。」

不過，就苦了北漂族[2]了。

晚上小寶的爸爸打電話過來，電話那頭他急切地問：「北京還很熱嗎？住得慣嗎？吃得慣嗎？」不管他問什麼，我的回答只有一個：「寄錢來，寄錢來，快！」那個當下，我覺得自己很像是總部設在大陸的詐騙集團。

1白居易是唐代有名的詩人，十六歲時帶著自己的詩到長安拜訪當時的大學者顧況，顧況看到白居易的名字，忍不住虧他：「長安最近米價很貴，想住在這裡可不容易喔。」後來看了白居易的詩，讚賞有加，又改口道：「能寫出這樣的詩，想在長安居住一定很容易的。」

2北漂族是指從全國各地湧來北京的人，他們在北京大多沒戶口，收入低，處境難，沒有房子的他們更給人四處漂泊的感覺，因此被稱為「北漂族」。

▼校園裡的舊房舍。

人比鬼更恐怖

雖然房租超級貴，但是租來的房子總比飯店要有家的感覺。拿了一塊小抹布，抹天抹地，把所有看得見的地方都擦乾淨之後，右手瘦到幾乎舉不起來。天黑之後，終於爬到床上，總算可以在北京的「家」，好好睡上一覺了。

小寶跟著忙了一天，頭一挨上枕頭就睡著了。我也很累，卻不曉得為什麼，心裡突然覺得很害怕。三居的房子只出租了主臥，就是我們母子住的這間，其他兩間空著，在白天沒想到有什麼不妥，晚上卻覺得房子非常陰森。先是牆壁上包裹的絨布，讓我覺得這很像是黑社會老大召集弟兄們開會的地方，接著不曉得為什麼就想到，這裡會不會冤死過什麼人？會不會真的有「鬼」這種東西？愈想愈怕，甚至覺得有什麼活的東西就在我身後。

實在害怕得快要崩潰，但又不敢吵醒熟睡的兒子，這樣太沒有媽媽的樣子了。於是閉著眼睛，摸到床邊的桌上有本《聖經》，一把抓來，塞到枕頭下。但是陰森的感覺依然隨時間而增加。在念了二十遍「上帝保佑」之後，我沒轉動頭的方向，睜開了眼睛，天哪！這下更恐怖了，不是我的幻想，而是身後某處，真的有一道光源，非常規律地一暗、一亮、一暗、一亮。

好吧，真是見鬼了。我想，大概神差我來，是要叫我寫「新聊齋」的。我慢慢轉過頭去，光源來自浴室，日式風格的浴室門下方是木質的，上方是細小的木格，木格後糊了半透明的白紙。就是這半透明白紙的部分，一暗一亮一暗一亮的閃爍著。所有的恐怖片不都是這樣拍的嗎？真的，真的，有鬼啊！

我靠著上帝給我的力量，準備去看看北京的鬼長什麼樣，勇敢地站起來，推開日式木門……發現原來只是屋頂的一個燈泡壞了，關燈時切不斷電源，時亮時滅。我立即來了精神，一把搬來房間裡的木椅，呼嚕爬上去，轉下燈泡。我哪能讓你再閃啊！

後來發現，雖然大陸仗著工人數量多，工資便宜，成了製造業的老大，但許多東西的品質依然是一大問題。購物時隨贈的塑膠袋，讓我一路上都在擔心，會不會破掉？裡頭的物品會撒了一地。這事過去還真在我朋友身上發生過。小時候還住江蘇時，有回班上要集體出遊，美女班長準備了很多食物，結果快到車站時，袋子破了。那時才早上七點多，附近沒有商店營業，她只好向一位好心的清潔工借了乾淨的垃圾袋。於是這位穿著飄逸長裙、畫著美美妝容的班長，便拖著一個黑色大垃圾袋出現在大家面前。

我還曾在超市偶遇過一位老太太，她左右觀望著，沒人時便從口袋裡掏出一個小白布袋，在碗呀、鍋呀上頭靠一靠。我不解這神態緊張的老太太在做什麼，後來她主動對其他好奇者解釋說，布袋裡裝的是磁鐵，因為大陸超市說的那些鋼鍋鋼碗，根本都是鐵做的，因此她只要一拿出小布袋，是鋼是鐵立見分曉。

最好笑的事發生在幾個月後，我們搬去一棟很新的大樓。這裡算是北京較好的住宅區，裡頭的裝修可說是非常現代了。他們也學著國外的建物，在住戶大門上裝了貓眼。房東租屋給我們時，還打趣地說了一聲，前一位租戶很奇怪，不曉得為什麼要用貼紙把貓眼黏住。他說，這是提供住戶更安全的設備，開門前可以看一下外頭的人。後來在擦拭大門時，我就順手揭下了貼紙，有人敲門也可以「貓」一下。但是貼紙拿開卻發現，朝外看霧濛濛的，什麼也看不到。兒子好奇地把椅子搬到門外，站到椅子上，大叫著：「媽媽，我看到妳了。」我也忍不住過去——原來從外頭可以看見裡面，裡面卻看不見外面。這是哪款貓眼哪！是裝反了吧！

西方有句諺語：「魔鬼在細節裡。」一點不假，若是細節多講究一些，也不會出現見鬼事件了吧。

租好房子後，第二天便帶著小寶去中關村的一家家樂福，想添置鍋碗瓢盆。中關村距離北大東南門約一百步遠。近四成的中國科學院院士和工程學院院士在附近機構任職，這裡儼然就是大陸的矽谷，一個高科技產業的聚集地。在這個高科技的重鎮，也開設了很多電子大廈、百貨公司，地上的店面寸土寸金，商業風也吹至地下，地下商城顯得熱鬧非凡。

這裡的家樂福什麼都有，感覺好像回到了臺北。在挑選乾麵時，我們有些猶豫，因為北京的麵普遍比臺北的黑一些。長得黑，總是讓人有不太乾淨的感覺（對不起，我沒有歧視黑麵）。這時眼尖的小寶突然看見一款特別白淨的麵，我們喜孜孜地從架上拿了下來，發現包裝上赫然寫著「未添加增白劑」，看得我們母子不由得大笑。

或許我們挑麵的時間久了一點，回到家時，我幾乎以為是走錯了地方。原本空蕩蕩只放著一張沙發的客廳，在不到一天的時間裡，突然被化纖木板隔成了兩間。我和小寶放下手上大包小包的日常物品，呆呆地望著這迅速打出來的隔間。

原來這隔間是仲介打出來的。大陸廣大的北方地區，土地不如南方肥沃，也不如南方城市有較好的經濟貿易基礎，相對來說北方的經濟要落後很多。在這片北方土地上，北京挾六朝古都之史，當朝首都之勢，向來是政治、經濟和文化的中心。在改革開放、放寬戶口政策之後，許多偏遠地區的北方人湧入古老都城，尋求發展機會。此外，北京當地約有八十七所大學和八十多所科研機構，每年畢業的學生約二十二萬人次，這批學生也想盡辦法要留在北京，這一大批外來人口的湧入，造成了北京一屋難求的現狀。

北京的屋主大多是當地人，他們有工作要忙，會把房子交給仲介，但是這裡的仲介不是信義，也不是永慶，他們黑的、白的、好的、壞的，什麼樣的都有。而我很不幸運的，遇上的就是一家號稱「東北虎」的仲介機構。

東北虎靠著在北京多年經營的關係，握有相當的房源。他們的仲介模式通常是以一個價錢把整套房子租下來，然後再分租給不同租客。對他們來說，隔間愈多，利潤愈高。完全不考慮住戶的安全、居住的品質。像這樣原本三間打成五間還算普通，有些打成了十來間，小的只放得下一張單人床。這種房間隔得容易，拆起來也容易，在仲介把屋子歸還屋主之前，他們會把隔間拆了，讓房屋恢復原貌。看著那如鴿子窩一般的鳥巢，仲介心裡想的大概是等待菜鳥、笨鳥入住[1]。

看來不管哪個時代，人總是比鬼更恐怖的。

1 想要去大陸租屋，要多看、多打聽。有些網站，如58同城，上面的租屋區會把廣告的電話寫上，把滑鼠壓在電話號碼上，會出現這號碼在同一網站內出現過的次數。如果同一個號碼出現兩、三次以上，很可能就是仲介了。若要打聽仲介的信譽，可以先去「百度」一下。

◀小寶從門上的貓眼望進屋裡：「媽媽，我看到妳了。」

同為北漂族

北京的住屋供不應求，新打出來的隔間，一天就租出去了，先是租給了一個來清華念中文的ＡＢＣ（在美國長大的華裔）。到了晚上，裡面一間也找到了臨時主人，是一對夫妻。他們進來時，我和小寶同時看了他們一眼，他們生得頗奇特，男孩子眉極濃，膚色極白，女孩子著連身洋裝，非常靦腆，好像一對異國的公主、王子。一打聽，原來是從烏魯木齊來的。

「好遠啊！」我說。

「哪會，今天上火車，明天就到了。」男孩子極濃的眉毛往上一挑，說道。

「那你們是烏魯木齊人囉？」對生活在新疆邊陲的人，我總是有些好奇。

眉毛又一挑。「不是。我拿的是外國護照，我老婆才是。」語調裡有掩不住的優越感。這下熱鬧了，ABC旁邊住了個CBA（在中國長大，後來去了美國成為美國籍）。

這對草原王子、公主是來清華念高等教育的，他們租的隔間屋只放得下一張雙人床，一張極小的書桌，其他什麼都放不下，租金是一千八（約臺幣九千多元）。住了幾天，發現原本仲介說的什麼都有，其實是什麼都沒有，最叫他們受不了的是沒有網路，草原王子開始生氣了。沒想到退租時，才發現仲介根本是一群騙子，預收了一年的管理費、水電費、五個月的房租，卻一毛都不退。在新疆草原上喝著牛奶長大，又加上外國的牛奶，讓他很牛也很火。我們都勸他，別鬧了，那些仲介不好惹。「難道我好惹嗎？」斂起的眉毛帶著一股殺氣。

他先打電話罵仲介，揚言要找人打仲介，最後又要找律師告仲介。但是請律師，又需要一筆律師費。問到能不能告贏，他的律師朋友回答：「告是一定可以告的，贏卻未必能贏。」一個油滑的小資本主義，哪裡對抗得了一個龐大的社會體系呢？王子想一想，到時候弄到租金沒拿回來，又多了一筆律師費。他很快找到其他租房，立即搬走。

沒過幾天，新的房客又搬進來了，這回是一個韓國人。小眼睛的韓國人和日本人一樣客氣，見人總是猛鞠躬。但是除了鞠躬之外，沒有任何交流，他不會中文，也不會英文，我們也沒人會韓文，過了上學的年紀，長相又不像生意人，人生地不熟加上語言不通，不曉得他要怎麼在北京生活。

有一天，他看到我在公用的廚房煮晚餐，就招手叫我過去。我跟過去一看，原來做隔間時，在門口加裝的照明燈壞了。我不太懂，他為什麼要叫我去看呢？難道我看起來比男人還要壯嗎？是要我爬上去，幫他換燈泡嗎？我想著生氣，便不吭氣，回去廚房繼續忙自己的。

又過了幾天，小眼睛的韓國人又朝我招手，我想該不是又要叫我幫他換燈泡吧？遲疑著不想過去，小寶過來了，他說叔叔一直在鞠躬，我們就去幫他看看吧。走過去之後，我們才發現，他的屋裡一個燈泡也不亮，包括隔間外門上的照明燈、床邊的立燈、桌上的檯燈，非常可憐。隔間裡也沒有晾衣服的地方，乾的衣服和濕的衣服混在一起，堆放在唯一的小空地上，桌上放著幾個泡麵寶麗龍盒子，一支小瓦數的手電筒放出幽暗的光，是屋裡唯一的光源。

他要我去看，只是拜託我幫他打電話。

原來草原王子臨走前，剪斷了室內全部的電線。這回的新隔間裡，真的什麼都沒有，連光都沒了。我打電話給我的仲介，請他轉告韓國人的仲介。

我想，一個社會的惡是從哪裡開始的呢？之前的草原王子是受害者，很快他就成了加害者，惡就這樣開始循環流動了。

▼寬大的客廳在我們逛了一趟家樂福的短短時間裡，就被合成木板隔成了兩個房間。這就是後來 ABC 和新疆人住的房間。真的非常小，放了一張雙人床後就幾乎都滿了。

城市的臉色

每到一個陌生的城市，我喜歡看行走在街上的陌生面孔，總覺得那是城市的臉。有些城市是開心快樂的，有些城市是憂鬱傷感的。對當地人來說，可能因為有家人有朋友，陌生人的面孔就不那麼重要，但是對旅行者來說，對一個城市的外來者來說，陌生臉孔上的表情似乎顯示著一個城市的友善與否。

我曾經有機會去美國西北部的小鎮旅遊，那裡的人非常友善，不管認識不認識，迎面走來的人一定都會朝你微笑，大說聲「Have a good day.」如果一天有十個人對你說這句話，這一天的心情不 good 都難。但是在大陸北京就不一樣了，他們或許對朋友對家人非常親暱，在公眾場合晒恩愛晒甜蜜，但是轉臉對著陌生人就會立即板起面孔。或許這也是這個社會缺少誠信的一個表現，面對陌生人，他們是戒備的，是防範的。

可是即便是這樣，計程車司機大哥總該給客人一點好臉色吧？畢竟，客人是花錢來坐車的，除了陌生人的關係，又多了一層客戶的身分。但是你若帶著這樣的期望，那麼北京的司機就要叫你大大失望了。

我和小寶發現自己置身於垃圾山、從便捷酒店匆忙出逃時，我們碰見的司機可是一點也不友善。對於穿過垃圾山來拉客人這件事，他滿臉不高興，直直坐在前座，從後視鏡冷眼望著我和小寶把七箱行李搬上車，不但不幫忙，還在口中嘀咕著：「這打什麼車呀，根本是搬家。叫搬家公司去。」

上車後，司機先生問：「去哪兒呀？」聲音中帶著百般無奈。

「頤和園路十二號。」（是一間靠北大西門很近的飯店）

「跟我說號碼幹嘛？怎麼走哇？」

我除了面試來過一回，這是第二次來北京，司機大哥，我怎麼知道怎麼走咧？

「我不知道。」

「不知道怎麼走，還打什麼車啊？」

我知道的話哪還要打車？但是現在爭吵也沒用，我也沒力氣帶著一個小孩和七包行李換車了，於是靠著一點僅有的方向感，臺北路癡媽半猜半賭地當起了GPS，閉著眼睛說：「這不是靠近清華嗎？繞到北大那邊，然後北大西門對面就是。」

後來我們住久了一點才發現，在北京打車是很需要技巧的。有三種狀況都是打不到車的：第一，出發的地點不對，打不到車。如果你站在一個不能打車的地方，車停下來載客會立即被罰款，這個罰款可能比司機出一趟車賺的車資還多，因此他不會停下來；第二，目的地不對，也打不到車。如果你要去的地方，這個時候鐵定堵車，司機先生也不載你的，而且他還會教訓你一頓說：「去了，把你送到了，我堵在那裡回不來怎辦哪？」好嘛，說得還真有理。只好下車吧。第三，如何從出發地走到目的地，你若不知道，也會被司機趕下車。

為什麼北京的司機這樣蠻橫呢？後來，我們搬去了一個較新的社區，裡頭大多住著外國人。在社區大門外，停著好些計程車，為了逃避繳份子錢（在北京開計程車要預繳給車行的費用），他們寧願開著黑車（沒有計程車執照的車，當地人稱黑車）。那些司機怕在路上跑空車費油，又載不到客人，因此他們常常聚集在外國人士居多的知名社區外，守株待兔地等著住戶出來打車。巷弄不寬，常常見到他們把車一高一矮地停在人行道上。我和小寶每天進出社區，便熟識了。有一回，坐他們的車，聊了起來，才知道在北京要開計程車也是不容易的。

原來在北京要開計程車可不是說開就開的，要和經營計程車的集團租車，每個月初連一毛錢還沒賺到，就要先交六千元人民幣（約臺幣三萬元）的押金。注意，這是不會退的喲！車子租下來，不管有沒有載到客人、生意好壞，都要先付六千元押金，當地人稱此為「份子錢」。除此之外，罰款、油錢、車子的維修保養費，所有支出都是司機自掏腰包。簡單來說，所有支出都由司機攤派，公司的六千元是淨收入。司機大哥講著激動起來：「你們說北京的司機難搞，你們知不知道我們是世界上唯一拿負薪水的人。今天就算我發燒了、生病了，只要沒病到起不來，我都要來開車。不然，今天的薪水就是負兩百。」

我又不死心地逐條問了我總結出來的「打車三不」，他笑著說：「當然！停錯地方，是我罰款；把客人載到目的地，車堵在那裡，賺不到錢的也是我；至於不知道怎麼走，因為當地北京人現在都富了，以前幾萬元買的房子漲到幾百萬了，當地人沒人去開計程車，開車的都是外地來打工的，他們是真的不認識路。」

下回如果來北京，一定要對司機大哥好一點，他們一個不小心，薪資單真的會出現紅字，即便是沒有紅字的時候，他們的收入也只夠勉強溫飽。城市的臉生氣了，大概是城市的心裡確實委屈吧。

▼守株待兔的計程車。

遇見張君雅小妹妹

在北大的物美超市驚見張君雅小妹妹，泡麵小點心上那圓圓的臉，長長的眼睛，活潑健康的廣告女孩帶著濃濃的臺灣味，不由得教我溼了眼眶，突然間就懷念起臺北來。

這間小小的超市，約是臺灣普通 7-11 的兩倍大，有兩大櫃的陳列架上擺放著臺灣食品，包括張君雅小妹妹。出了超市，朝南走不到百步，還有一家「阿牛與仙草」飲料鋪，也是非常正港的臺灣風味。北大校園的小小一角，就有兩處臺灣食品的駐點，可見臺灣食物在當地受歡迎的程度。

每回放假要回臺灣時，我總是會問我北京的朋友，想要我帶點什麼回來給你們嗎？他們一開始會不好意思，若我一直問，他們就會說，要不，小太陽餅？或小鳳梨酥？我很樂意買一些伴手禮送朋友。說到臺胞的伴手禮，還有一段小小的歷史。

一九八七年臺灣開放來大陸探親。那時大陸文革結束約十年，經濟生產剛剛復甦，可謂百廢待興。當時的臺胞有一項優惠，就是可以持臺胞證去大陸特約商店，購買三大件（電視、洗衣機、冰箱）和五小件（吸塵器、果汁機、電鍋、微波爐、電熨斗）進口電器，方便餽贈大陸親友。而這些進口商品還受到當時大陸政府的嚴格管制，一般人是有錢也買不到的。

對於封閉已久的大陸，臺胞帶來的不僅僅是三大五小的電器，挾電器而入的還有臺灣文化，一種揉合了西方現代和中國古典的新東方文化。一首〈月亮代表我的心〉，儘管和其他鄧麗君的歌曲一樣被歸類為靡靡之音，依舊撫慰了許多被「紅太陽」晒得憔悴的心靈，讓十八歲的少年憧憬愛情，讓八十歲的老人回味溫情，讓一個肅殺多年的社會剎那間領悟柔情的美好；一部「庭院深深」，雖然只能在地方小電視臺播放，但仍走進多少巷陌的門檻。

我想，生活在鎖國政策下、封閉國家深院中的人或許比臺灣本土的觀眾，對這故事有著更深的共鳴；還有柏楊的《醜陋的中國人》，儘管是盜版的，但是比必修課的政治書更受眾多大學生的喜愛……

就是這樣，古老的中華文化倖免於難，得以存留在一方島嶼上，在寬鬆自由的氛圍下蓬勃發展，彼時便如擋不住的春風、春雨，隨著臺胞的三大五小電器、人手一包裝滿現金的「007 皮箱」，溫暖滋潤了這塊乾涸的土地。

一九九四年，三大五小成為歷史。同時，隨著大陸開放招商策略的深入，世界代工大廠的地位悄然建立，不管哪件電器，都不必去特約商店購買。

這時臺胞的伴手禮由電器轉為臺灣食物。如果說，早期臺胞帶入的進口電器仲介的是西方科技文化，那麼臺灣食物就是把傳統的中國文化與西方飲食文化融合成看得見、吃得著的實體。

多年前，有一回我特別寄了一罐茶葉回大陸給我的一位大學老師。因為我大學時期非常叛逆，不愛念書，這位老教授卻對我非常關愛，從不責怪我，只顯出格外的耐心，讓我一生都非常感念他。老師是個不多言的人，收到茶葉，也只說謝謝，沒有多說什麼。

去年我在北大念書時，突然接到一通電話，是老先生打來的，原來他參加某個大學教授團的臺灣觀光之旅，他在電話裡有些激動：「我去看了，臺灣的山、臺灣的水。我也看到了妳送我的茶葉的產地。」

後來還有大陸朋友說喜歡臺灣食物，我能夠了解他們的感受。對去過臺灣的大陸民眾來說，繁榮的臺北或許跟上海、北京相差不多，但是臺灣未受汙染的好山好水、未受文革洗劫的好人情，卻是他們非常希冀、羡慕的。

臺灣食物之美，究竟在於西方烘焙技術讓食物夾帶著歐味、鳳梨酥餡裡亞熱帶的濃濃水果味、茶葉裡吸納的山水味，還是太平洋風的味道？究竟是哪一味打動了他們？也許只有舌尖知道。

1
2

1 北大超市裡的張君雅小妹妹。

2 阿牛與仙草，上面還寫著「台灣燒仙草」。大陸民眾對臺灣的食物十分好奇，且因為大陸黑心食品太多，讓他們對臺灣食物反倒十分有信心。他們覺得臺灣人有良心，食品也安全些。

肯德基如何成為家鄉雞？

北京的餐廳不少，但是可以吃早餐的地方選擇不多。因為大部分的在地人還是習慣在家裡吃早餐，即便在外頭，也是一些小攤販露天現做現賣，或是租了飯店的早上時段，賣的依然是油條、豆漿之類，遠遠不如臺灣，一條小巷裡選擇就非常多了。於是，肯德基成了我和小寶常去用早餐的地方。

去久了之後，發現肯德基能夠在大陸打開市場，美式炸雞能夠成為大陸人的家鄉雞，不得不說，是費了好一番功夫的。首先，一到店裡看到的早餐食譜，不免叫人驚訝，除了西式速食的薯條、漢堡和可樂，還增加了大陸民眾喜歡的豆漿、燒餅、油條，還分別取了洋名叫法式燒餅、安心油條，健康豆漿。在中餐的部分，他們在原來的漢堡、炸雞之外，增加了中式燴飯。肯德基在產品上提供更多選擇，這一變革是為了讓西式快餐在口味上迎合大陸消費者的飲食習慣。

記得我和小寶第一回進去北京這家肯德基時，用完餐後，習慣性地要拿起餐盤，立即有位中年女子趕了過來，她說話帶著很重的口音，弄了半天我才明白，她說只要放著就好，她會來收。我這才注意到，店裡特別請了清潔人員。北京是大陸首都，也是重要的觀光旅遊勝地，每天都有來自全國各地的旅客不斷湧入，各地民眾在生活習慣上差異很大，衛生習慣相差很多，比起冀望廣大遊客一夕之間改變習慣，店家不如把這些變數納入他們的考慮之中。於是，肯德基雇用專人，專職處理餐後桌面、廚餘等，以保持店裡乾淨整潔。

如果你去過肯德基的廁所，還不得不對肯德基的管理大加讚嘆。到過大陸鄉野地區旅遊的民眾會發現，大陸土地廣闊，很多風景區依然處於自然未開發的狀態，不幸的是當地的廁所也處於一個自然未開發的狀態。這是旅途上的一個敗筆，好像吃瓜子時吃到一顆發霉的，把全部的快樂都毀了。其實即便是在大都市的某些景點，稍有疏漏，立即就會出現那種讓人走不進去的廁所。對待這種情景，肯德基竟然也有對策。他們在店裡的廁所沖水系統上加裝了自動感應設備，只要將屁屁略略抬高，立即會有非常強勁的水流把汙穢沖得清潔溜溜。

由肯德基在大陸市場所做的這三個經營策略上的改變，我們可以說，這家公司在客製化服務方面確實可圈可點。所謂的客製化照理論來說，就是個性化，針對不同客人的需求，製作讓客人感到滿意的產品。而肯德基則是把大陸的消費者當作一位大客戶，針對這個大客戶的共性：東方口味、用餐習慣、如廁習慣等，調整服務模式，從產品到設備都做相應改變。雖然就餐廳定位來說，肯德基算是平價餐廳，但這點點用心還是讓它處於不敗之地。

1 春節期間，餐廳裡布置著中國風的肯德基爺爺。

2 為了迎合大陸口味，肯德基在大陸市場提供的早餐：燒餅、油條、豆漿和粥。

皇城根下的尋常人

禮拜天一早，接到牛媽媽的電話：「曉鹿，帶上妳家小寶，跟我吃餃子去。」

「去哪啊？」

「林媽媽家。」

「妳朋友？不認識就直接跑去，多不好意思啊！」

「妳不是想看四合院嗎？她家住東四，二環裡頭，周圍都是四合院。」

一聽到四合院，我也顧不得好不好意思，連忙答應直接去地鐵站會合。

搭地鐵到東四站下來之後，就到了二環。在老北京眼裡，這裡才是真正的北京城，也就是所謂的「皇城根兒」。二環以外，統統都是城外了。城裡大部分的建物都屬國家級文物，保存了下來，巷弄裡依然是磚地，都是四合院。初春的風有些涼，但是北方的太陽仍帶著幾分火氣。偶有幾株古樹參天，和其他地方北方樹木一樣，在這個季節裡褪去了枝葉的繁華，只留下乾淨俐落的深棕色樹枝。中午時，行人不多，大多是當地住戶，出來買點小物件，或是上廁所。因為以前的四合院裡是沒有廁所的，因此後來的巷弄每隔三兩步就是一間公廁。

牛媽媽的朋友就住在四合院的其中一間，四合院雖不能拆，但是在院裡搭起了許多違建，密密麻麻，住了好些人，完全看不出原本屋子的結構。林家夫妻聽說牛媽媽帶了遠方的客人來，一早就忙開了，包了好幾屜子的水餃。等我們一到，他們立即燒了開水，熱鬧地煮起水餃來。女人帶著孩子們吃著林家自己擀麵皮、自己和餡的水餃，男人則獨自在桌角喝起二鍋頭。

酒一下肚，老林顧不得客人在場，嘮叨起來。照說，他這個年紀的老北京，理當都發了財，就算不做生意，一份極普通的工作，單單自己住的房子，也會因這幾年房價飛漲，而跟著水漲船高。但是老林卻有自己的故事。

老林原本是一個修理汽車的高級技師，後來不滿在公家工廠裡天天混，和幾個朋友出來，自己開了一家汽車修理廠。那時大陸經濟剛剛起步，消費兩極，中價位的修車服務反而沒什麼市場，沒多久就關了門。

之後大陸剛好興起養殖風。原本在計畫經濟時受到限制供應的肉類開放購買之後，為了滿足十多億人打開的腸胃，養殖業成了穩賺不賠的行業。老林也投入這一行，卻偏偏遇上了口蹄疫。說到那些染了病的豬，老林眼中泛淚，猛灌一口二鍋頭，唏噓一聲，說道：「為了避免疫情擴散，上頭派人來要把所有豬隻消滅。第二天他們就要來了，我弄了一小池石灰水，那些豬從小被我養大，牠們如同我生病的兒子一樣，我對牠們說，別怕，走過去，走過去，小子，疼上一晚，我老林保準你們明天就沒事，以後永遠都沒事。」

當地人認為石灰水可以殺菌消毒，認為讓豬從石灰水中走過，就可以治好口蹄疫。老林跟豬說話的聲音，好像將軍在給士兵打氣，叫牠們勇敢往前衝。不過，那些豬第二天還是全被屠宰了。老林說到這，眼淚縱橫，滿臉都是。因為他不但失去了豬隻，也失去了第一任老婆——他把身上全部的積蓄花完之後，老婆不願再跟著他過不安定的生活了。

於是，一個熟年男人又開始相親，娶了鄉下的女人，生了兒子。又有了老婆、孩子，林先生不敢再輕易投資了，只是認分地去別人那裡打工。「有了老婆孩子，什麼都不敢了。」他嘟囔著。

一直沉默的林太太這時好像憋不住了，憤然說道：「這說得，好像我擋了你的財路。我打認識你，你身上就沒什麼錢，那點錢也不算資本，你倒是拿什麼去投資啊！況且，那點錢，你又養鳥又養蟲的，都不夠你折騰。」

這話倒讓我覺得林先生有些可愛。畢竟在最窮困的時候，老北京還是要那麼一點情調的。流行養鳥的時候，他家裡也供著一隻；流行養蟋蟀，他們院子裡也少不了蟋蟀聲。就像紐約人，在費雯麗（英國電影演員，奧斯卡影后）帶著針織手套出場之後，第二天商店裡的針織手套賣到斷貨，都市人就是這樣，不是嗎？

但是林太太的這句話牽出了林先生更多的抱怨：「養蟲、養鳥用到妳的錢了嗎？」牛媽媽私下跟我說，原先林家在北京也有間像樣的房子，在房價開始飛漲的時候，年輕的林太太擅自作主把老房子賣了，想買兩間小的，一間自住，一間出租，但是這事做到一半，老房子賣了，新房子才買第一間，要買第二間時，林先生老北京大男人的個性出來了，缺的那點款項他死也不肯貸款，他說：「我一個大老爺們，幹嘛要向銀行借錢啊？」於是大房子換了一間小房子，差額一時沒用，幾年過去，房價就飛漲，那點差額根本不值一提，只夠玩玩鳥，玩玩蟲。

外地人來北京，都覺得當地的老北京過得很「滋潤」（當地說法，意指過得頗富足），但是走進老舊胡同裡，待他們喝上兩杯二鍋頭，才會知道大都市裡小市民的悲情。皇城根下的尋常人哪！

▼二環內的北京老胡同。門上的圓形（也有六角形的）橫木就是所謂的「戶對」，兩根為五到七品，四根為四品以上，十二根為親王級。

▲「門當」是立在門兩側的石柱，約三、四十公分高，上圖的石柱是鼓型，表示武官之家；下圖是箱型，表示主人為文官。

姐姐，來教我們念書吧！

大陸在改革開放前，幾乎所有的企業都是國家的，人事體制是一塊鐵板，這意味著，幾乎每一個人都有固定的單位，也可以說，每一個人都有對應的人事關係，想換到其他單位，很難；想換到其他城市，那是難上加難。

在鄧小平的改革開放政策之後，在外資進入中國大陸之時，鬆動了一塊鐵板的人事制度，讓許多人可以到外資企業上班，可以自己開公司當老闆，當然也就可以去其他城市找工作、討生活。大城市因為就業機會多，因此湧入了大量外來人口，北京就是其中之一。在廣大的北方地區，身為政治、文化中心的北京，機會多薪資高，吸引了非常多的外地人口遷入。

但是問題來了，工作有了，房子也可以租、可以買，但是中、小學義務教育的入學體制卻非常嚴格，需依戶籍所在地入學。有關係的自然沒關係，有錢的花錢買通關係後也沒關係，只要繳交一筆可觀的贊助費就可進入當地學校就讀。只有外來的打工族苦了，他們薪水低，又沒人脈關係，子女的就學成了一大問題。

我隨同學去參觀的就是這樣一所「農民工小學」，在當地有一個好聽的名字，叫做「希望小學」。好聽名字的背後現實是，希望小學裡除了希望，什麼也沒有。一切硬體、軟體都是因陋就簡：缺乏師資，全靠附近幾所大學的在校學生和善良社會人士義務兼課；沒有課外書、課桌課椅，僅有的都是靠善心捐贈來的；教室簡陋，冬天裡沒有暖氣，校長帶著老師和學生升起火爐取暖。

校長笑呵呵地對我們說：「能夠生火取暖已經很好了。」因為隔不遠處的一家民辦小學，連窗戶都破了，冬天的時候（北京的冬天最冷達到零下十四、五度），西北風呼呼地灌進教室裡，好些同學的小手都皸裂了，還流出血來。校長說著眼眶紅了，望向別處。

接著校長帶我們去教室。孩子們的臉上笑容燦爛如斯，一聽說是北大的學生來了，熱情地擁上來，把我和同學團團圍住，說：「姐姐、姐姐，別走了。來教我們念書吧！」聽來教人鼻酸。

這些在外地打工，不管是北漂來北京，還是南移至上海、廣州的，他們必須面對的問題就是子女的教育問題：要不是把孩子留在落後的家鄉，要不就讓他們隨父母來到大城市。留在家鄉，要面臨的是隔代教養，還有鄉村教育資源相對落後的現實；隨父母來到大城市，他們可能只能上希望小學，一路念下去，又將面臨著要回到原生地，才能參加所謂的現代科舉——高考。在大陸，高中生進入大學的考試稱為高考，這是鄉村和邊遠地區的居民唯一改變身分的機會。

如果你問，為什麼不在就學地，如北京、上海參加高考呢？這就扯到了大陸最近另一個焦點議題，那就是異地高考。因為北京、上海這樣一級城市的升學率遠遠高於其他地區，拿二〇一二年來說，北京一類本科的升學率高達百分之二十七，上海是百分之二十以上，而其他地區大約只有百分之八左右，在這樣的差異下，北京上海這樣升學率高的地方政府當然會想自我保護，不叫外人來分一杯羹。雖然迫於外界壓力，大陸教育部曾要求各地區於二〇一二年底，執行隨遷子女（隨父母遷到外地的子女）升學考試方案，也就是俗稱的異地高考方案。不過，在中國向來是上有政策，下有對策的。

就拿上海的隨遷子女在滬中的高考改革方案來說，這個施行方案是以《上海市居住證管理辦法（草案）》為依據的。居住在上海的非上海籍人士，其居住證分成三種，A證是國內人才引進類居住證；B證是留學人員，還有人才引進類；C證則是一般居住證，針對普通外來人員。持C證的人員子女只能參加上海全日制普通中等職業學校自主招生考試。所以普通的外來人口，子女要在上海參加高考，門都沒有。也就是說，這個居住證管理辦法的依據不過是讓異地高考成了另一項「拚爹」遊戲（參見附錄第二一〇頁）。

上課鈴響了，講臺下的孩子抬起一雙雙充滿期待的眼睛，未來是怎麼樣，可能是無辜的幼小瞳仁所無法預見的。這也是我們這些臨時來上課的姐姐們幫不上忙的。我們能做的只是教他們多認幾個字，以後對這個世界可以多一些了解。我在心裡想對他們說：孩子，在這個拚爹的社會裡，你已經輸在起跑點上了，所以，你得付出比別人多十倍的努力。好好讀書，這是你唯一的希望。

血暖氣

北京到深秋時，氣溫就降至零下了。臺北的朋友們總是關切地問：「習慣那邊的冷嗎？」其實北京的冬天一點也不冷，因為大部分的室內都有暖氣。大陸地區黃河以北的地方，冬天都有提供取暖設備。在來北方之前，想像中的暖氣是個火爐之類的，我也是這回來才第一次見到，小小盤旋型管道裡是循環的熱水系統，水溫大約四十來度吧，跟人體溫度差不太多。但是室內卻因為有了熱源而沒有寒冷的感覺，讓北方的冬天比南方舒適。

不要小看了這個小小的暖氣啊！雖然小小一片，但是因為幾乎每家每戶都有，所謂薄利多銷，小小暖氣片後頭隱藏的是無限商機。我們常常看到大陸某某煤礦發生事故的新聞，都與這小小暖氣片有關。北方大面積的取暖設備，媒介是熱水，而熱水是用煤加熱的，因此煤具有無限商機。而挖煤是一項成本低廉的商業行為，只要有非常簡便的設備（若不考慮工人安全），加上內陸北方地區人工便宜，所以用他們的話來說——幾乎不用投資，挖出來的卻是黑色的金子，是黑色的鑽石，黑心的血鑽石。這些賺取工人血汗、生命錢的煤老闆們，個個腰纏萬貫，他們不僅有小三、小四，甚至還妻妾成群；他們澳門豪賭，一擲萬金。

煤老闆到底有多好賺？聽說有位煤老大在幫小三買家具，七百五十萬人民幣（約臺幣三千七百萬）的家具，店員錯按成七千五百萬，煤老闆看也沒看就刷下卡去。這才知道煤老闆們的帳上現金是以千萬計的。還有位煤老闆，帶著小N（不知道是小幾，總之不是正妻）去澳門豪賭，欠下千萬賭債，後來澳門賭場的保鏢持槍追上門討賭資，才讓新聞曝光。

隨便上一個搜尋網頁，打上「煤老闆」幾個關鍵字，出來的新聞比香港警匪片還要刺激，比韓國片還要狗血，印證了真實故事比虛構還要精采。可是這些暴富之後，犧牲的卻是無數條無辜的人命。今年一月九日大陸官方媒體「新華網」上有一篇文章，也提到內地安全生產狀況和世界先進產煤國家相比較，差距極大。

去年（二〇一三年）總計發生了一起特別重大事故和十三起重大事故，死亡率是先進國家的十倍，而這還是極保守的數據。因為很多出了意外的礦主，往往與地方官員勾結，隱瞞或少報傷亡人數。最誇張的是有一起事故，為了隱瞞礦工死亡的消息，礦主和地方官員把出事家庭整家的戶口都註銷，一家人從此成為黑戶，死去的成了陰間的遊魂不說，活著的也成為沒有戶籍的人間幽靈。

從事採礦工作的是大陸最底層的民眾，中國《經濟週刊》記者曾經報導過這樣一個新聞：某地區領導去基層，抽查礦工的安全意識，發了一些問卷給工人填寫。有一位工人，不寫字，呆坐在那裡。領導上前問他：

「你怎麼都不寫呢？」

「我不識字。」

「不識字怎麼採礦呢？」

「識字我還幹採礦啊？」

其實這個礦工說的，應該是諸多礦工人的答案，他們大多數都是這樣的，在為了節省資金的過時、簡陋設備下，計件付費的薪酬方式逼迫他們超時、超負荷地付出，所得也勉強算得上溫飽。這些礦工大多生在貧窮地區，沒受過教育，也沒有一技之長，很多人也不曾離開過家鄉，尋求其他發展可能。可能在地面到過最遠的距離也不及他們往下挖掘所及的深度，沒想到生命卻葬送在地底。那些沒沒無聞的生命，先天、後天都不曾受到厚待，是他們的血溫暖了北方的冬天。

▼北京大學某教學大樓裡的暖氣葉片。暖氣這件小事也透露出北京的等級差異。拿停暖氣的時間來說，一般北京用戶三月初停；北大清華，三月十五停；市屬機構以上，四月初停；各國使館，四月十五日停；在圓心的那些部門，要等到五月才停，也就是冷氣那廂已經開的時候，暖氣這廂才停了。而供暖時間，剛好與前面的順序相反。

拆哪！北京！

這扇狹長的窗戶是北京郊外七九八藝術中心的一個造景，叫人看了不禁會意一笑。這扇窗象徵了一個歷史時期——中國大陸在一九四九年之後，曾經歷經了近三十年的鎖國時間。封閉的國門猶如密不透風的圍牆，狹長的窗戶建得高高的，一個站在地上的普通人，是看不見窗外景致的。即便貼近窗戶，看到的也只是自身的投影。

身為六朝古都，每一個朝代都在北京城裡留下了時代的影子。從市郊外的萬里長城，到紫禁城裡的城樓箭樓，這一處處的建物不單單顯示著中國古代在建築上的造詣，更透露出一個民族的內心世界——對於外面的世界，他們是抵制的，是防衛的。

走在北京街頭，看到的不僅是北方的自然風光，東方的歷史風情，更可以看到一個民族的內在風景。

在中國找門路

前門、箭樓是老北京的象徵，其實前門正確的名字叫做「正陽門」，始建於明永樂十七年（西元一四一九年），因為坐落在紫禁城的正前方，因此又被稱為「前門」。中國知名香菸品牌「大前門」，菸盒的正面是正陽門，背面就是箭樓。

鏡頭拉近，可以看到正陽門上的古體字，「門」字沒有勾進去的筆畫。北京的朋友解釋說，在古代，紫禁城裡是有很多規矩的，不同的人走不同的門，而皇上走的門，更是故意省去了下頭的勾，因為天子要走的路，不可以有任何障礙，勾起來，難道是想絆倒皇上嗎？

我聽了覺得有趣。在網路上查到另一種說法，因為皇上是真龍天子，紫禁城裡的門，一律都如前門一樣，門上沒鉤，以免刮掉龍麟。所以在正陽門以及故宮裡面所有的「門」字都不帶鈎，以示尊崇皇帝。因此，紫禁城上各個有「門」字的匾額，也都不帶鈎。

好一個尊崇禮儀的國度，不同的人得走不同的門，這就算了，連象形文字的門，還因下面走過的人不同，而有不同的形狀。看來，這「門」字本身就成了一門學問。因為有門，才有路可走。現在的大陸，不管為政還是為商，還是小老百姓要上學、上班，哪樣不靠關係？靠關係說白了，不就是開一道門嗎？沒關係，那就沒門啦！沒門，不是門下面少了一鈎，而是連門都沒開，城門關上的時候，硬闖簡直是撞牆啊，而且撞的是城牆。

相反的，有關係什麼都沒關係，所有大陸的規矩都是讓有關係者來逾越的。我們知道，大陸的土地是國有的，買房子也只是購買房屋的使用權，土地依然屬於國家，買家只是擁有這塊土地的使用權，且只有七十年時效。比這土地更「強硬」為國家所有的，是大陸的領空，在廣大土地之上的無垠空間是大陸政府的，更具體一點來說是軍方的。提到軍方，我們似乎可以想見這種「所有關係」多麼牢不可破。

但是讓人驚訝的是，最近幾年來，國外私人直升機在大陸的業務卻蒸蒸日上。翻開資料，從二〇一〇年八月十九日一篇由國務院中央軍委擬發的「關於深化我國低空空域管理改革的意見」中，就提出在今後十年裡，即將推廣低空空域的試點開放。相關報導指出，未來幾年將先「在長春、廣州、海口進行低空空域開放試點，進而擴大至整個東北和中南地區，以及唐山、西安、青島、杭州、寧波、昆明、重慶等地。」低空領域可說是大陸最後一塊未開發的處女地，但是這個領域也敞開了一道門，這門到底是誰開的呢？開給誰走的呢？

從大陸官方於二〇一二年發布的一篇國務院新聞辦公室的新聞發布會資料，可看出一些端倪。這份國家新聞發布會的文字，去除掉一堆引子、一堆展望之類的廢話後，我們可以看到真正具體到該怎麼做的那一段是：私人飛機上天的條件。這樣我們可以合理推斷，這個低空之門是哪些人聯手打開的，一方面是有需要購買私人飛機的大陸商界政界頂尖人士；另一方面是銷售私人飛機的外國以及國內廠商。前者的政商地位可以想見，後者的商業野心則是一劑助燃劑，裡應外合的結果再次印證了：只要有權（傳統中國文化原有的），或者有錢（傳統加上外來的），沒有開不了的門，不是嗎？

古有大前門，今有低空門，大前門門下無鉤，低空門門高千尺。有了這樣的古與今，其他旁門、小門也就不值得一說了。

門字講了這麼久，讓我想到了英文中與門相對的一個詞，那就是「way」。美國人說，不行的、沒辦法的，不是說「沒門」，而是說「No way」。跟門相比，路的主動權握在自己手上。因為開門，要靠別人、託關係、講人情，求的是別人為你開一扇門；而路是靠自己的腳走出來的，只要一心想走，只要堅持走下去，終究可以走出一條路來。

說來，所有的創新也就是創新者選擇了一條與眾人、前人不同的道路吧。美國立國本身就是一群清教徒走出信仰之路的歷程。這個群體的魯賓遜們，為了信仰理念，主動選擇了飄洋過海，在新大陸上活出他們的信仰，一個神國的理想支撐著他們在塵世裡走出一條新路。他們也因此特別受到了神的眷顧，建立起世上最富、最強的國家。

當然，不同的地區形成不同的文化，是自有其背景的。因為在中國，相對來說，資源比較少，人口比較多，在這樣的社會中，每個人能得到的資源很少，為了讓少量的資源得到更大的利用，所以必須限制能夠得到這些資源的人。也因此，中國的教育制度從古代科舉開始，與其說是為了發展個人專長，不如說是一種篩選機制，也就是一個篩選人才的過程，選出其中佼佼入門者的同時，也把其他人限制於門外。

然而打開西方科學史，會發現許多在科學史上做出重大貢獻的不是某種考試制度下的佼佼者，而是出於自己對某個專業的喜愛，不斷探索研究，而有所突破的人。拿兩個有名的例子來說吧！一個是從哈佛休學的比爾蓋茲，另一個是從史丹福休學的賈伯斯。他們都考取名校，照中國人的說法，他們都金榜題名了，可以由名校之門進入社會菁英之列，但是他們卻選擇休學，那是因為他們覺得自己要走的路，比通往精英圈的那道門更重要，因此他們才走出了一條無人能及的微軟與蘋果之路。只不過，雖然賈伯斯的傳記在大陸也由財經出版的第一招牌——中信出版了。但是究竟有多少人去關注、去思考，是什麼樣的大文化背景，才培養得出賈伯斯呢？

我在北京念書的一位同學，每當開學時，她都會非常積極地詢問大家都選了什麼課，有什麼好的課程可以推薦。有一回，因為我特別喜歡某位美國文學教授的課，我便向她推薦了，她也很開心地去試聽了課程。聽完之後，她卻一臉不高興，說：「這是什麼課啊？一學期要看六本原著小說，還要做兩個報告，再一篇期末論文，課務重死了。」我便問說：「妳覺得好的課該是怎樣的呢？」她說：「就是作業少，任務輕，老師給的分又高。」我非常難以相信，一個北大的學生會有這樣的想法。不是我不會偷懶，我也常常偷懶的，但是在我選的課程中，除了那些「好過」的課，總該有一些是自己喜歡，而願意辛苦、難過一些的課吧。

後來，和同學聊多了，才發現我們翻譯碩士班上，很明確將來不會做翻譯的同學超過半數以上。大陸因為翻譯人才奇缺，因此近幾年來各大知名院校都開設了翻譯碩士，希望力補這一空缺。但是招來的學生，大多不是衝著這個專業來的，而是衝著知名學校的招牌來的。拿我們北京大學翻譯碩士的同學來說，他們在乎的不是後面的「翻譯」兩個字，而是前面的「北京大學」四個字。對他們來說，後面那兩個字是一條人生之路的路名，前面的四個字卻是一道通往高階職場的門。

可見，中國的現狀依然如此，路依然受到門修飾，不管做什麼，都是要找門路。想要在短時間內改變大文化環境，改變大多數人的思考模式，幾乎是不可能的事。不過，還是可以從個人做起，每個人都了解自己的專長在哪裡，先了解天賦是什麼，才能夠為了讓天賦自由，而勇敢地走出一條自己的生命之路。

1 正陽門是紫禁城最前方的一道門，俗稱「大前門」。拉近鏡頭，可以看見「正陽門」三個字，果然如北京朋友說的，「門」下沒有鉤。

2 果然是皇家氣派，門前還要一道箭樓，來護著大前門。

七九八藝術中心

七九八原本是解放軍的兵工廠，這點從名字就可看出端倪——為求保密，避開文字而使用編號，取了個和長江七號類似的名字。一進入中心，依然可以看見各式裸露的管線從頭頂穿過，老舊的廠房上還保留著「偉大的中國共產黨萬歲」等用紅漆寫上的政治口號。現在這裡成了繪畫、雕塑、平面設計等各項藝術產業的聚集地。北方的大氣純樸、上海的婉約春光、南方畫家張天幕童話故事般的魔幻畫作，都在這裡競相展示。

但是最讓我久久不能忘記的是廠房展區中，知名藝術家隋建國的寫實雕塑作品「衣缽」。作品是一件鐵鑄中山裝，也就是臺灣所說的「毛裝」。整件作品是用深灰色的鋼鐵鑄造的，毛裝約有三、四人高，好像一個巨大的刑具，鑄鐵材料更加深其沉重感，好像一個無比沉重的枷鎖，這個枷鎖曾經套在中國大陸每一個人身上，禁錮他們的身體，禁錮他們的思想。

翻開中國歷史，我們可以看到自古以來，這是一個等級森嚴的社會，君君臣臣、父父子子、妻妻妾妾，都在一個如金字塔的社會結構中，站在一個特有的位置上。社會的地位等級也表現在人們的服裝上，皇帝的龍袍、臣子的朝服、妻妾的華服、市井小民的布衣，不同的身分穿著不同的衣服。因此，對中國人來說，衣服不但有保暖遮體的實用功能，有審美的心理效果，更重要的是，外化了在等級社會中所處的位置。

在《大清例律．戶律．市廛》裡，有一條就是針對大清國的國民服裝配飾，摘錄如下：

公侯文武各官應用帽頂束帶及生儒衣帽照品級次第，不許僭越，官員越品僭用及民間違禁擅用者，照律治罪。凡應用東珠，重不得過三分，如用三分以上即同違式……

簡單來說，就是不在其位，不穿其服。衣服是地位的外化與象徵，一方面提醒穿衣人該有的風範與責任，另一方面，也可以說是這個地位享有特權的一個通行證。因此，私製龍袍，在心理上就已經犯下了僭越之罪。

一九四九年，共產黨立國之初，曾經想要消弭這樣的君君臣臣，消弭金字塔的高低等級，建立一個完全平等的社會，他們讓這個社會上全部的人，從南海到北疆，從東濱到西嶺，從國家最高領導人到街頭巷尾的販夫走卒，都一律穿上統一的中山裝。表面看來，這確實消除了數千年來的君臣等級制度，但是其中卻藏著一個弔詭，那就是在表面的平等後，隱藏著一個極大的不平等。因為，這款統一的服飾是由誰來決定的呢？為什麼是這一款，而不是其他款呢？

所以，所謂「消除了金字塔」，不過是削去了塔身的枝枝節節，靠著一個虛幻的理想，烘托著塔頂的制高點，在高處俯視著如螻蟻般在塔底苟活的眾人。站在巨型的鐵衣面前，你可以感受到它的高、它的冷、它的嚴酷，愈久愈沉重。

走出七九八藝術中心，天陰了，還飄起了細雨。這在北京是難得的天候，平日的北方好似一個脾氣暴烈的人，要不就來場大雪，要不就是烈日當頭。溫柔細膩的毛毛細雨實屬罕見，如果藝術有形，大概就像這樣吧。它用自己的方式，反省著這個時代，省思著它的過去與未來，然後如春日裡的毛毛細雨，無聲地滋潤大地，撫慰著人們內心深處的傷口。

1 七九八藝術中心。這裡曾經是軍工廠，過時的政治口號隨處可見，斑駁的牆壁上寫著「偉大的中國共產黨萬歲」。不知道當初叫著這個政治口號的人們，心裡是怎麼樣的想法，有沒有感覺和「吾皇萬歲萬歲萬萬歲」有異曲同工之妙？

2 後方鋸齒形的包浩斯（Bauhaus）風格建物，在亞洲地區也屬罕見。

那個糧票的年代

同學的叔叔在玉市開古玩店，一個連續假日，邀了班上幾位同學一起去玩。玉市的交易市場位在一條古街上，主街兩旁的建物古色古香，木建物本身好像就是一件收藏品，歷史就隱現在漸褪的朱色和鏤空的木雕間。早上下了大雨，十點多雨停之後，位於巷道裡的小攤、小販才開始陳列物品，準備開張做生意。

對於玉石古玩我是外行，只是跟著大家看個熱鬧。到朋友叔叔家的店面時，櫃臺下方的糧票、油票倒是吸引了我。這些陳列在玻璃櫃臺下的票據曾經是上一代人生活的依據，在經濟由國家全權控制的年代，一個人一個月可以吃多少飯，可以穿多少衣服，是有上限的，得拿著糧票、油票去米店買米打油；得拿著布票去商店買布。基本的果腹與蔽體都未必能滿足之前，什麼美食、什麼時尚，都是遙不可及的。每逢年節，拿著多發的一點糧票去買些麵粉，做些麵食、包個餃子，就是一大享受了。

如果說糧票、布票給那個時代的人提供了物質上的需求，旁邊櫥窗裡的圖畫書就是他們精神上的小票。在一個古代經典被廢、外國經典被禁的年代，有些不涉及意識形態的典籍和符合當時意識形態需求的粗糙工農兵作品，會被製作成同樣大小的小人書，粗劣的圖片加上簡短的文字印在劣質的紙張上，大街小巷隨處可見。一些老人，守著數十本小人書，靠著收取小人書的租金過活，大概幾分錢一本，反正整本小人書也沒幾個字，很多放了學的學生就在簡陋的租書攤前混一混，才回家。我也曾經這樣的過著少年前期的生活。在那個貧乏的年代，廉價的圖書滿足了精神世界的飢渴，讓貧瘠卻活躍的想像有所依託。雖然畫得粗糙、寫得大略，但畢竟是相對於現實的另一個世界。

從朋友叔叔的店鋪出來，外面市場喧鬧得緊。一個賣黃石的攤販前聚集了好些人，兩個小販像在演戲一樣，把自己收藏的黃石一塊塊拿出來拍賣，一個人叫價，一個人拍板，惹得圍觀的人陣陣哄笑。這些黃石出自黃土之地，泥土經過時間蝕刻，凝聚成黃色的石頭，有些形狀俊逸剔透的便成了收藏家的最愛。

看著搞笑的老闆面前形狀各異的黃石，幡然領悟到，所謂的收藏，收藏的是過去；所謂的古玩，玩味的是時間。這些古玩器皿，讓看不見的時間、看不見的過去，呈現在看得見的物件上。糧票、油票和布票，是上一個時代的限制，也是上一個時代的刀斧，這把時間的刀斧雖然粗礪了些，但是上一代的靈魂就這樣沒有選擇地被雕琢了，總是有些不受塵世汙濁所染的，便成了玉壺冰心，流傳百世。

▼這些小人書，是我們那個時代的漫畫，很多放了學的孩子都會在書攤前混一混，才回家。

◀短短三十年，這些票券竟然成了收藏。要知道三十年前，一個人吃多少，穿多少，可都是由國家用糧票、布票的方式配額的。那種拮据和限制，可能是其他地區，甚至現在的大陸年輕人都難以想見的。

老舍茶館

這家以知名作家「老舍」以及其知名劇本《茶館》為名的茶樓，坐落在前門大街附近。裡面有下午茶，也有晚餐，特色在於喝茶、用點心的時候，臺上會有相聲或是京劇表演。因其傳統的中國風設計，外自店面建築風格，內到室內裝潢，臺上的相聲、京劇，臺下的茶水、點心，甚至包括倒茶小弟、小妹的穿著，都帶著十足的京味，是來北京觀光的遊客必去場所之一。

說到這家茶館的由來，頗有一段故事，外人大概很難想像：老闆尹盛喜先生是從賣大碗茶起家的。一九七九年，大陸施行改革政策，商業之風初起，尹老闆帶領的一幫待業青年（剛從學校畢業尚未工作，或者因為個人因素，失業在家的人），在前門大街附近擺起了茶攤，賣起兩分錢一碗的大碗茶，當初大碗茶唯一的功能就是解渴。

經過了八年的累積，一九八七年十一月茶樓正式開始營業。這八年是尹老闆累積資金的八年，這八年也是大陸社會經濟在極端受壓抑後，勃然蓬發的八年，社會上出現了一群有消費能力的中產階級，甚至有錢花不完的大款（指有錢人）們，而茶館剛好滿足了這群新興消費族群的需求。這些外資企業的管理階層、各行本土企業的老闆們，這群得政策之利先富起來的一群人，來茶館不單單是喝茶、吃御用點心，更可以看相聲、聽國劇，社會上於是有了風雅供人攀附。

相較於西方的咖啡館文化，三五朋友出來聊心事、聊是非，在音樂和咖啡香氣中透過傾訴來釋放自己，老北京的茶文化則是伴著別人的故事喝茶，在他人的故事中忘記自己。有一點倒是共通的，那就是茶館和咖啡館滿足的不只是身體的渴，還滿足了心靈的渴。

走在北京街上，總是看到各式各樣的遊客，這些熙來攘往的過客，來看的大概也都是歷朝歷代留下的精緻吧！那兩分錢一碗的大碗茶，雖解得了行人一時口渴，終也不曾留下什麼。畢竟歲月如淘沙，能夠留下的是精緻中的精緻。信奉無產階級將統治世界的共產黨人，在執政多年後，終於也開始喜歡上精緻文化。

▼老舍茶館的外觀，中國風的建物特色。

◀老舍茶館也是一個茶文化的博物館，在二樓展廳，有一組反映老北京生活風情的雕塑，人物造型生動可愛。

內聯陞的祕密客戶本

牛媽媽又約吃飯，立即拉著小寶出門，地點在前門大街大柵欄巷弄裡。前門大街之前帶小寶去過，心想不過就是正對著前門的一條寬闊馬路嘛，也許走在上頭就能感覺到古代皇帝也是從這條道上回宮的，此外，倒不覺得有什麼特別。

然而，今天一轉去大柵欄，才發現原來這裡「窩藏」著許多國內的知名企業。第一家便是「同仁堂」，幾年前紅遍臺灣的電視劇《大宅門》，就是以同仁堂的真實故事為藍本改寫的。經過旁邊一家鞋店「內聯陞」時，牛媽媽的朋友怕我這個「呆胞」不識貨，立即上前來介紹：「看這家鞋店，鄧小平的鞋都是他們家做的。」一抬頭一看，眼前一座很華麗的清朝風格建物，朱樑畫棟，溢彩流金。朋友繼續說：「這家的鞋可講究了，鞋底有三十二層純棉的布，上了九回漿。也不是馬馬虎虎一次就可以上九回的，得上一回，乾一回，乾透了再上第二回，來回共九次。然後在每平方吋裡密密地納上九九八十一針，而且針腳分布均勻。」他似乎對鄧小平非常景仰，說說鞋子又說回到小平同志：「小平穿的就是這種布底，加上小羊皮的鞋面。這是世上最柔軟、最好穿的鞋。」因為據說，布底鞋的特點是愈穿愈軟。

聽他說得神奇，我回家後也忍不住上網查了一下內聯陞，竟然發現在企業經營方面，這家店頗有值得借鏡之處。內聯陞是天津人趙廷創辦的，初建於咸豐三年（西元一八五三年），當初只為達官顯貴們量腳訂靴，因為在那個時代一般民眾是買不起鞋穿的。內聯陞的「內」字，是大內宮廷的意思，「聯陞」就是穿上鞋會官運亨通，連升三級之意。用今天管理學的觀念來說，這個品牌首先在名稱裡參透了消費者的心態。身居大內之人，誰想的不是官運通達、平步青雲呢？

因為一開始就對消費者有了清楚的定位，只賣鞋給買得起鞋穿的人，因此他們在服務方面也特別用心。所有來店裡買鞋的文武百官，買了多大的鞋、喜好什麼款式，他們都做了詳細的紀錄。下回買鞋，只要派下人來告知，便可直接送貨上門。而且這項紀錄，也為其他下級官員進朝送禮提供了方便。前一項用途是把對上級的揣摩進行了度量化，後一項用途把方便送禮這件事做到了極致。

這本詳細記錄京城百官穿鞋尺碼、穿鞋品味的《履中備載》據說是中國最早的「客戶資料管理系統」，如今已經列為北京大學光華管理學院的研究個案。可惜的是，趙廷的原始本散失了，現在店裡展出的是原樣複製品，裡頭記載的是毛澤東、周恩來等人的穿鞋尺碼——複製本本身似乎更耐人尋味。犧牲無數生命，張揚許多新理論所建立的新體制是不是也不過是舊體制的複製呢？所謂的人民公僕，難道不過是新換上的一朝天子一朝臣？

有一點可以確定，那就是我們一向認為大中華文化裡頭沒有商業文化，沒有企業經營文化，沒有客服管理，但是一本《履中備載》卻證明，事實不是如此。只要有人買得起鞋，就有人做鞋；同樣的邏輯，當認為客戶是值得經營管理的，就有人去經營管理了。不是嗎？但是什麼是值得？什麼是不值得？這後面判斷的標準是什麼？因為是朝中權貴，所以值得嗎？看來古人大概是這樣想的。

同樣是鞋子，我們不由得想起西方也有水晶鞋的童話故事。王子拿著灰姑娘失落的水晶鞋找遍大街小巷，他要找一個與他兩情相悅的戀人，當他的王妃，為他繁衍後代，這個童話故事呈現的是為社會延續種族發展驅力的西方文化。

比起亮麗的水晶鞋，內聯陞的朝靴要沉重太多。朝臣買鞋的過程，可以簡約為：第一步，店家記錄朝官鞋子的大小與樣式；第二步，社會上的人，包括店家與送禮的人，都根據紀錄中的樣式與大小，複製新的鞋品，也就是說，以朝官的相關紀錄為依歸，順應上意，迎合上意。實實在在的一個官本位（以官為本，其他人對官進行攀附、附和的動作）社會體系。

時代變遷，朝靴雖然進化成輕便布鞋，鞋面也改用羊皮代替，但是以追逐權貴為社會發展驅力的東方鞋文化，其象徵意義卻沒有改變。

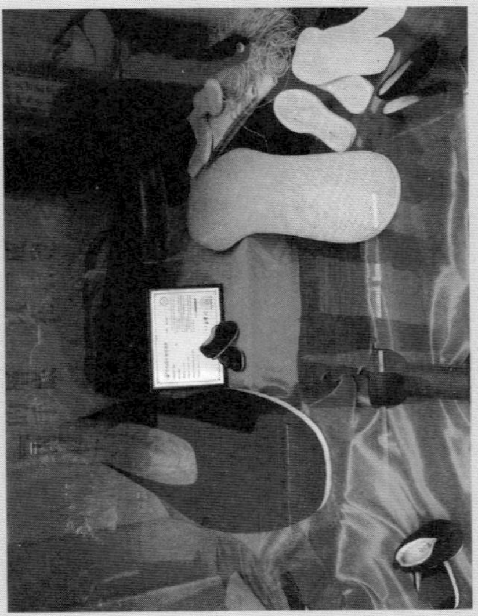

1
2

1 同仁堂總店。前幾年紅遍臺灣的大陸電視劇「大宅門」的故事原型就是來自這家百年老店，在中國食品安全危機重重時，依然是金字招牌，品質禁得起時代的檢驗。

2 內聯陞的布鞋櫥窗。這家布鞋店從開店就清楚定義了自己的客戶，只為那些買得起鞋穿的人做鞋。

茫茫塞外，長城之巔

對每一個來到北京的遊客，當地人都會說，長城是不可不去的地方。若問為什麼，他們會笑著說：「不到長城非好漢。」這是毛澤東帶領紅軍在即將完成兩萬五千里長征之時，占領六盤山之後，看著壯闊山景寫下的《清平樂．六盤山》中的詞句。做為一度盛傳為月球上可以拍攝到的唯二風景之一（另一處是金字塔），長城自然有其迷人之處。

在一個秋高氣爽的日子裡，我們去了長城。為了避開大陸十月一日的國慶長假人潮，一位在北京讀書多年的新疆同學帶我去了臥虎山的野長城。所謂的野長城，是用來指稱那些未被納入國家風景區、政府沒有花資金和人力修繕的原始長城。我一聽野長城的意涵，便覺得比修建簇新的要好。果然，斷壁殘垣、磚牆已風化剝落的滄桑更具魅力。不過，要爬到山頂還真是非常不容易，因為完全沒有臺階，林中的小路大多是當地人上山運動走出來的，有幾段是泥土路，有幾段是破損的岩石。

北京的地勢三面環山，一面平原，好像一把太師椅。爬到半山腰時，就可以回頭看到遠處綿延的群山，在晴麗的秋日天空下顯出深黛的顏色。而古老的長城就逶迤在山脊上，山頂處通常建有烽火臺。沿著山勢而建的長城，在高處召喚著我們，讓我們顧不得腳下的艱辛。

讀過《聖經》的人，都知道雅伯和該隱的故事[1]，這一方面是兄弟相殘的故事原型，另一方面，雅伯、該隱更象徵了兩類人：一種是牧羊的，另一種是耕地的。其實也不單單只有西方文化把人分成牧羊和耕地兩大類，大陸的廣大土地也可以分成適合畜牧和適合耕種的兩大塊，這兩大塊地區的居民，生活方式差異非常大。歷史學家提出了四〇〇毫米等降雨線的理論，認為在這條等降雨線的北邊，也就是降雨量低於四〇〇毫米的土地上，適合放牧；而等降雨線的南面，雨量豐沛，適合耕種。這條等降雨線位於內蒙南部邊界，學者更進一步指出，其走向與長城大體是一致的。由此可見長城是一個地域的分界線，城牆南邊的人以農業耕作為主，城牆北邊的人以放羊、養牛為業。

和平的時代，長城是一個分界；戰爭的時代，它就成了一道防禦。剛開始修築長城的主要目的就是防禦，這是生活在廣大中原地區的人，為了阻止北方異族入侵而大費周章興建的。一旦發現有蠻夷入侵，長城各個山頭的烽火臺就會點燃烽火，昭告天下，戰事將近。

將長城修建在山頂，可見古代軍事家們的智慧。山頂是一個特殊的地方，不同地區的人對高處總有一種嚮往。在很多歐洲的小村落裡，教堂都修建在山頂，因為山頂高出地面許多，讓人覺得那裡與天堂更近，也離神更近。在上山朝聖的過程中，隨著臺階一步步往上，提升的不單單是信徒的身體，更是一種心靈的境界，這種上升讓他們超越了原本的自己，超出了原本的視野。大概到無限高的時候，就接近神的境界了吧。

而中華民族在山頂修建的長城，也可以說是一種視野的提升，但此項提升的主要目的卻是在實際的利益上，較少在精神意涵上。就算是「不到長城非好漢」的詠嘆，也不過是個人情緒的詩化，與神的世界無關。沿山脊而行的長城，一方面利於觀察較大的範圍，容易掌控敵情；另一方面，如果試探到敵寇入侵的消息，烽火臺上的火焰會把這一軍事情報以最快的速度，傳遞到最廣大的範圍內。

雖然現代科技進步了，光靠一道牆，再厚，厚得被當作臉皮極致的象徵，也阻擋不了什麼，它退化成一道風景，即便國家花了巨資修建也僅為觀光之用。城牆的實用功能——城池的護牆，已經不復存在了。但是城牆象徵防範外族入侵的心態，卻神奇地保存了下來，這個看不見的長城，成了大陸拆不去的心防，橫亙在這個民族的心裡。當然，有了這樣的心理，總是會外化於某些行為上的。

例如，在網路上設置各式屏蔽。在一個訊息透明、公開的年代，阻斷所謂「不和諧」的雜音，用現在的話來說，就是把不和諧的聲音「和諧」了。而那些掙脫屏蔽、所謂的「翻牆」軟體，要翻的不就是種種看不見的心牆嗎？

這又讓我想起了人類登月的故事。當初人類要登上月球，想要了解的是外面的世界，地球之外更大的世界。但是登上月球之後，拍下的照片中最多的是從月球上看到的地球，因此可以說，登上月球讓人類更加了解的，不是更大的世界，而是更多的自己，從更多元的角度、更遙遠的距離，深度看到了人類自身。那麼，我們是不是也可以說，這個資訊時代的各種外在訊息，傳遞給我們的不單單是外面的世界發生了什麼，更多的是給內在的小世界諸多參照，讓我們有更多的選擇機會呢？而多一種選擇機會，是不是就多一種生存機會，或者說，多一種生存得更好的機會？

站在長城之巔，望著茫茫的塞外，不由得想起生活在金字塔腳下的人，想起了摩西帶著他的族人出埃及的故事，不由得感慨，什麼時候，我的神啊，也可以帶著這群生活在長城腳下的人出走，經歷一個精神上的出走，找到屬於他們自己的、流淌著牛奶與蜜的迦南美地[2]？拆了網路上的牆，拆去心理上看不見的防衛吧！唯有如此，東方才能與西方真正地和好，牆裡的世界才能與牆外的世界和好，最重要的是，與真實的自己和好。

1 該隱與亞伯是亞當與夏娃的兒子，該隱種地、亞伯牧羊。該隱以種地收獲的物產獻給耶和華，亞伯則奉上羊脂油。耶和華認為該隱拒絕用牛羊當作血祭獻禮，是對神的叛逆，該隱不服，遷怒於亞伯，在爭執中將親弟弟亞伯給殺了，於是受到耶和華懲罰，再也無法與神見面。

2 迦南美地在聖經中，是上帝許應亞伯拉罕的應許之地，又稱為「迦南地」，相傳此地流著奶與蜜，土地肥美。上帝應許亞伯拉罕，他的後代會在這塊土地安居。亞伯拉罕死後，他的後代（以色列人）受埃及人奴役，便在摩西帶領下度過紅海到了西奈山的曠野，脫離埃及人統治。摩西死後，由約書亞帶領他們征服了迦南地，建立了以色列。

▼臥虎山的野長城。因無經費修繕，古舊蒼涼卻顯出另一番韻致。

如此親愛，才好！

二〇一二年春節期間，由上海機場轉機時，看到虹橋機場大廳裡，圓形立柱上裱貼著「親」與「愛」兩字。細看之後，發現兩個字是經過特別設計的，黑色的部分是簡字，灰色部分是當初大陸把繁體字改成簡體字時省去的部分。

以象形為特色的中華文字，字的結構原本就包含許多意象，除了圓圓的太陽、彎彎的月亮直接模擬了形象，很多字更是一幅社會的風情圖，也是人心的意識流。這親情不見的「亲」，那失了真心的「爱」，單薄而孤立，好像那一場文化的浩劫，否定了個體親情，於是親與愛成了一種無心的口號，紙上的空談。

在親情與法律之間該做何選擇？知名希臘悲劇作家索弗克勒斯的名作《安提戈涅》中就討論過這一議題。安提戈涅是弒父娶母的伊底帕斯之女，伊底帕斯知道自己做出弒父娶母的不倫之事，就放棄了王位，遠走他鄉。他娶母後生下兩男兩女，安提戈涅就是其中的一個女兒。兩個兒子為爭奪王位，起了戰爭，最後都戰死。由他們母親的弟弟來繼任王位。他上任後，下令不得安葬叛亂者的屍體，違者處死。但是劇中的安提戈涅經過大篇獨白後，決定不顧新王的律令，安葬她的哥哥。最後新王宣判，安提戈涅必須被關入墓室，由著她慢慢死去。

非常特別的現象是，這齣劇在大陸一演再演，而且網路上的討論非常多，其流傳程度大大超過了她的父親弒父娶母的故事，可見有智之士也看得出當今大陸社會之癥結。可能局外人無法了解，在文革當中，對黨的忠誠是要超乎對家人的親情之上的，愛國、愛黨而不可以存私心，具體來說，就是如果父親或母親是當時定義下的黑五類[1]，子女就要跟父母斷絕人倫關係，多年來，大陸強調的就是這種大義滅親。

現在大陸依然可以見到這樣的情景。因為資源相對匱乏，考大學對當地學生來說，是一場嚴峻的考驗。因此每年高考這一天，就會有很多「感人」的新聞出現。例如二〇一一年，有位考生的父親過世了，母親為了不影響學生考試的情緒，竟然對孩子瞞著父親過世的消息，未讓父子見到最後一面；另一位考生的母親則在騎機車送學生去考場時，發生車禍，吉凶未卜的母親卻堅持要孩子先去考場，以考試為重。

這般相似的新聞很多，當地新聞臺當作感人事件來報導，但是高考究竟有多重要，了不起明年再考一回，需要不見父親最後一面，丟下不知死活的母親嗎？可不可以說，在這個社會的人心深處，親情已經是最容易被取代的一項物件？什麼政治、什麼子女的前途，各種的大義、小義，總是簡簡單單就把親情取代。這一件一件的故事都是親不見了的「亲」最好的解釋。

因為空談，所以濫用。現在大陸各種廣告，各種稱呼、開頭都是「亲爱的」，反正也是根本不認識的生人，反正也是不用心的愛。更有手機簡訊、QQ即時通話等，為了打字方便，把「亲爱的」三個字省成一個「亲」字，什麼人對什麼人說什麼事情，開頭都是「亲」。受話者不只一位時，還有「亲们」一說。先是政治讓情感變得單薄，再是商業讓單薄的情感變得氾濫。

如果一個由「親」而「亲」後面的故事就有這麼多，那麼由「愛」到「爱」就更值得推敲了。我覺得有一個英文單字特別能夠表達從繁體「愛」到簡體「爱」的過程，這個單字就是「祛魅」，英文disenchantment。祛魅是西方現代哲學的一個重要概念，表徵著現代社會文化走向理性、去除其中神祕主義色彩的過程，簡單來說，就是「理性祛除巫魅」。這一觀念是由馬克思·韋伯（Max Weber，1864—1920）從席勒（Friedrich Schiller，1759—1805）的「世界的解咒」（the disenchantment of the world）一說中借用來的，來描述世俗化、現代化、官僚體制化的近代西方社會。

有位大陸學者把一九七八年以後的大陸文化發展，概括為兩次祛魅的過程：第一次是發生在上世紀八〇年代，是知識菁英祛了政治菁英的魅，第二次是發生在上世紀九〇年代，通俗消費文化又祛了知識菁英的魅。我倒覺得一九七八年之前的大陸文化，更是一個去魅的過程。去的是哪一種魅力呢？從愛到爱就看出來了，一個字簡單直白地顯示出去除的是心的魅力。這個心可以是個人的小心，也可以龐大精神世界的大心。居於心靈世界重要地位的宗教——西方正統的基督教被當作人民的「鴉片」，強迫戒除；中國傳統的信仰，在破四舊[2]時，一同給破了；源自柏拉圖的唯心論被唯物主義所取代，信奉王陽明的蔣家則落得偏安於島上，廣大的內陸地區我在卻不思，造成了如今知行不一的狀態；連浪漫主義的感性也被歸納在「小資情調」裡，一併被揚棄了（雖然這個最低端的回來得最快，現在的年輕人大多把小資情調當作一種精神的嚮往）。文革十年，可以說是完全地抽離、剝奪了這個社會的精神力量，由表及裡地由愛而爱。

或許大陸的知識分子也感受到了這一點。在「財」豐滿成「財」之後，他們努力要尋找彌補的就是不見的亲情，還有爱中缺失的那顆心，只怕以中國的速度來說，這不是在短期之內可以補上的。但是想補，總是好的。我們期待看到這一天：親情再見的時候，用心來愛的時分。

如此親愛，才好。

1 黑五類是大陸在文革時對地主、富農、反革命分子、壞分子、右派等五類人的統稱，自中共奪權後至文革結束前，黑五類受到超過三十年的迫害及不平等待遇。黑五類的存在與共產黨強調的人人平等主義相違背，被認為是中共過去最大的人權罪行。

2 破四舊，文化大革命初期進行的「破除舊思想、舊文化、舊風俗、舊習慣」的社會運動，同時引起了擴及大陸各地的紅衛兵運動。

1 上海機場的「親」、「愛」兩字。

2 北大百年講堂公演，李六乙導演的古希臘悲劇作家索福克勒斯作品《安提戈涅》。

女生節

三月七日一早，騎車到學校時，看到女生宿舍的外頭掛了好多條紅色的橫幅，才知道這是大陸的女生節。好奇地問同寢室的同學，什麼是女生節？

原來不曉得什麼時候起，大陸把三月七號定為女生節，以別於隔天三月八號的婦女節。三月七日過節的是未婚的女孩子們，更特別指還在學校念書的女大學生們。仍在就讀學習的女孩是世上最美好的女子，好像大觀園裡頭的女孩們，不管念的是詩經還是相對論，尚未受到外頭世俗的沾染，擁有孕育生命的使命，而這些生命本身處在最後一期的醞釀季節。女生節就是給這群可人兒的一個節日。

女生節有什麼特別的呢？男生要向女生獻花？這還太普通了。聽說，這一天最特別的是，女生有特權，可以在這一天對喜歡的男生告白喲！我們班有位很可愛的女同學，河南人，圓圓的臉上帶著幾顆小小的雀斑，笑起來露出整齊、潔白的小牙。河南的口音與河北的口音有些分別，舌頭捲的位置和角度不太一樣，聽起來就像臺灣的櫻桃小丸子的配音。女生節當天，我們一起吃飯，大家都鬧她，要她對我們班一位男生告白。她拿起電話，眾目睽睽之下，撥了號碼，說道：「我是王小雅。」誰知道接電話的男生也是絕頂聰明，女生節打來還能說什麼呢？於是在電話另一端便說：「想說什麼就說吧。」一餐飯下來，王小雅一路笑著，不說話，只把臉上小小的雀斑都脹紅了。

這個節日的設定也太有創意了，因為文革，大陸的女人要和男人一樣頂起一半的天空，因為要頂著半邊的天，所以省去了描眉毛、畫口紅的時間；因為要頂著半邊天，她們和男人穿著一樣藍白的粗布衣裳；因為要頂著半邊天，又要承受生育之苦，她們粗了手腳、寬了腰、縮了胸，變得潑辣粗壯，幾乎和男人一樣。

如果要說文革對真與善的摧毀，這兩方面的探討都非常多，而討論這場文化革命對美的摧毀卻相對稀少。就我個人而言，相較於真與善，女人更是美的代言者。在我眼裡，每一個女人都是具體的美麗，雖然美麗的形式多樣，但是活生生的女人把抽象的美以個體的方式活了出來。如果女人被剝奪了美的權利，她還剩下什麼？我們看看象形字的「女」字，可以看出上頭的一橫原本象徵的是髮簪，這髮簪就是要凸顯出女性的端莊美好。如果去掉了這髮簪，「女」簡化成一個人，她變得和男人一樣，不再美麗的女人便成了一個機器，一個滿足男人欲望、傳宗接代的機器。

傳說中亞馬遜女戰士是一個尚武的女性部落，那裡的女人和其他族的男人一樣驍勇善戰。為了不影響拉弓、射箭或投置鐵餅，她們自小就切除了一邊的乳房。從某個角度來看，歷經文革洗禮被剝奪美麗權利的大陸女人與亞馬遜女戰士有幾分相似，她們必須為了一個族群，犧牲掉原本屬於她們的身體，或是心靈的一部分。女性的生命有機體因此變得不再完整。

一個小小的節日設立，卻把大家內心的期待表露了出來，原來男人、女人都喜歡美麗的女人，喜歡切除乳房前的完整女人（這當然不包括因為乳癌而切除乳房的女人，而是指被社會文化強硬切除乳房的女人）——嬌羞美麗的、豐滿甜潤的，這樣才會孕育出更美好的生命來吧。

把女人還原到婦女之前，把日期撥到三月八號的前一天。三月七號這一天是值得紀念的日子。祝天下的女人們，女生節快樂！

▼北大宿舍的橫幅。

◀三月七日的早上，北大女生宿舍的停車場前出現了很多這樣的橫幅，雖然我已經過了慶祝這個節日的年紀，依然非常感動。

那些看不懂的事

小時候看《紅樓夢》，最不喜歡賈政，尤其不喜歡他與王夫人臥室外的那副對聯：世事洞察皆學問，人情練達即文章。隨著年紀漸長，卻也慢慢明白這兩句話中的意味。說來，世上的事，所謂世事，也無非總是落在人情兩個字上頭。

由臺灣去大陸投資的、觀光的人，常常覺得看不懂那裡的事，其實是因為不了解當地的人情。大陸經歷了文革，傳統文化隨著破四舊一起被破了，新的商業文化讓生活在這塊土地上被剝奪了太久、太多的人，變得急功近利。原本一切由政治主導的國家，轉眼間成了一切以利益為訴求。醫師與病人之間的情，戀人之間的感情，溢於文字間的情緒，以及做為集體情緒投射之一的各式節慶……都在大國的商業時代裡，有了不一樣的表達。整個社會失衡的狀態，正如七九八藝術中心這對錯位的石獅子。

純真鴨血與不純真的年代

去超市買菜的時候，驚見一個冷藏櫃的鴨血包裝盒上寫著「純真鴨血」。雖然我還滿喜歡吃麻辣火鍋湯底的鴨血，但是把這樣烏黑的東西安上純真之名，實在覺得相去甚遠。大陸不純不真的東西太多了，買的素食可能是葷食冒充的，買的肉類可能是豆製品做的，連雞蛋也可能是假的。用一個公式來概括一下就是，買到的A，最大的可能不是A。

生活在大陸，最大的恐懼就在於食品，沒過幾天，就會看到又爆出了什麼食物的驚人內幕來。坐在餐廳裡，你可能會發現面前的牛肉是豬肉加了牛肉膏製成的，或者是添加了瘦肉精的豬肉；你點的包子裡面可能包著有淋巴結的豬肉，炒菜用油可能是地溝油[1]，餐後上的水果盤，可能是加了太多農藥自己會爆炸的西瓜。想到這裡真會想說：「乾脆別吃了吧！」回到家，卻可能發現兒子喝的奶粉裡含有劇毒的三聚氰胺……

二〇一二年四月四號，大陸的《齊魯晚報》刊出了一則讓人啼笑皆非的新聞。大致內容是，一位招遠縣的村民想要喝農藥自殺，結果沒想到山寨農藥中竟然含有興奮劑，讓原本要尋死的村民興奮得脫了上衣，滿山亂跑。這個荒唐的新聞事件讓人笑中泛淚，真是叫做求生不得，求死不能啊。

每一個居住在大陸的人，都生活在這樣的恐懼之中。每過幾天，就會發現又有一種食品不能吃了，但是，能吃的就那幾樣，所以當地人練就了健忘的能力。就算知道優酪乳（當地人稱酸奶）、果凍和藥物膠囊是用老皮鞋做的，但是沒幾天，走在超市裡，大家繼續把優酪乳往購物車裡放。

自一九四九年至今，六十多年來，如果以鄧小平改革開放的一九七八年為界，剛好前後各約三十年。前三十年，政治治國，人民最大的憂患是禍從口出；後三十年，商業治國，人民的最大憂患成了病從口入。若說禍從口出，那個外在的高壓政治氛圍讓人不敢開口說真話、說誠實的話，那麼這個商業的年代，利欲的追逐卻教人從心底裡把這個誠字給滅了，造成了眼前社會的誠信危機。

北大新落成的理教教學大樓外，有一天驀然多出一塊刻著「誠」字的大石碑，只怕單憑這一塊居於第一學府校園裡的沉重石碑，鎮不住整個民族的輕浮躁動。

1 地溝油，在臺灣指餿水油，是不肖商人從餐廚垃圾坑渠內撈取狀似稀糊油膏狀物，過濾、沉澱、加熱蒸發後分離為地溝油；或將劣質、過期、腐敗的動物皮肉或內臟經簡單加工提煉後，將所生成的油脂流入食用油市場。

▼超市裡標著純真鴨血的商品，讓人看了不知該作何感想。

妹妹你大膽地往前走

紅綠黃三個顏色的馬路號誌燈嚴格說來，是在一九一四年誕生於美國的克利夫蘭市。別小看這個小小的號誌燈，行與止之間卻透露出一個國家的內在。

今年暑假我去美國西北部的一個中型城市，發現他們所有路口的紅綠燈下方都有按鈕，可能中小城市的生活步調不那麼匆忙，行人想要過馬路的時候，只消按一下下方的按鈕，燈就會變綠色，讓行走的人優先通過。在一些更小的馬路上，沒有紅綠燈的時候，看到有行人要過馬路，幾乎無一例外的，司機都會停下來，還會在車內朝你微笑招手，禮讓行人。

單就這點來說，臺灣的禮讓是比不上美國，但是臺灣也有溫暖窩心的時候。我是帶著小朋友的媽媽，每天送小寶上學放學的時候，國小附近的街道上各個路口都有愛心媽媽（偶爾也會有爸爸來表現愛心），不管晴天雨天，這些媽媽們風雨無阻地站在路口，導護孩子在都會叢林中穿過馬路。

習慣了這樣的溫暖窩心之後，再站到北京街頭，就會發現最不適應的事就是過馬路。首先，北京的車子非常霸氣，遇上塞車，北方人的大手掌沉重而持久地按在喇叭上，發出非常刺耳的尖利聲響；北方的行人也很霸氣，他們想走的時候，管他紅綠燈，行人匯聚成一團，烏壓壓地就過了馬路。叫我們看慣了紅綠燈走路的人，每回到路口都忍不住嘀咕：「天殺的，究竟什麼時候可以走啊？」

過了幾天，小寶很有把握地對我說：「媽媽，我知道怎麼樣過馬路。我觀察過了，就是妳看著紅燈快要轉綠燈時，開始走。這樣剛好，因為走到馬路一半的時候，燈就綠了。」

孩子的話說得好笑，但是誰知道燈哪時候會轉綠呢？後來我們的辦法是，等人多的時候，跟著大隊人馬一起走，這大概是最安全的辦法了。

過馬路是小事，但是也顯示大陸這個地方，行與不行，包括行路也包括行事，沒有一個明確的規則。表面的紅綠燈都是虛設，實際奉行的卻是一套難以言明的潛規則。幾十年前的保守年代裡，明明是綠燈當頭，卻毫無預警地轉了色，馬路中的行人成了歷史車輪下的冤魂。近年來寬鬆的政治氛圍，一些勇敢的人在紅燈時勇敢前行，帶動一股風潮，當政者順應潮流，開了綠燈，總算讓一切合法化。

文革最盛的時候，毛澤東曾經說過一句話：「把無產階級文化大革命進行到底。」什麼事情做到底，自然就是走到盡頭沒路可走。那是一個紅燈大開的時代，所有與當時時政不合的行為，受到攻擊是自然；不認同當時政治理論的，當然會受到攻擊；更有許多無辜的人，莫名地受池魚之殃。

文革結束近二十年之後，在一九九〇年代初期，曾經有首電視劇主題曲紅遍大江南北，那電視劇名叫《渴望》，主題曲是〈好人一生平安〉。故事描寫的就是文革動盪年代轉至改革開放之間，兩對戀人曲折的故事，反映的是在動盪與轉折的大背景下，人們對親情、友情和愛情的渴望。歌詞和曲目由一對夫妻檔易茗和雷蕾分別完成。詞本身就是一個非常平衡穩定的結構，每句由六個字組成，每段六句：有過多少往事／彷彿就在昨天／有過多少朋友／彷彿還在身邊／也曾心意沉沉／相逢是苦是甜？／如今舉杯祝願／好人一生平安／誰能與我同醉／相知年年歲歲／咫尺天涯皆有緣／此情溫暖人間。

所謂好人一生平安，用交通規則的話語來形容，不就是照著紅綠燈走路的規矩人，別再受橫來的車禍了。我們看到受了二十年高壓統治的人們，是多麼的卑微啊！一首流行歌曲，代表群體的聲音，想要表達的是，我們已經認命地、規矩地做個聽話的好人了，我們也不敢奢望大富大貴、大紅大紫，卑微的好人們要的只是小小的平安。這首歌是上一代中國的平凡人，謙卑如教徒的祈語，這首歌成了一個時代的閉幕曲。

轉眼到九〇年底，流行風格已經大變。結合了美國搖滾和北方粗獷民歌的西北風席捲中國大地。其中最紅的一首，是張藝謀導演《紅高粱》（原著是獲得諾貝爾文學獎殊榮的莫言先生）的主題曲〈妹妹你大膽地往前走〉，歌曲及電影本身想要表達的是北方人原始質樸、強悍野性的生命力。這首歌宣告了一個大開綠燈時代的來臨。

站在馬路邊，看著走走停停的路人，看多了，你就會覺得這個社會的行事方式與他們過馬路遵守的是同一條規矩：就是等著人多了，聚成一撮的時候，大家一起走，包管沒事。為了維護社會和諧的面向，很多事情，只要人多，綠燈就會順應潮流而開。

對於生在這個時代的年輕人來說，和他們的父母、祖父母相比，或許該算得上幸運。畢竟，等人多了，聚成一撮走，要比橫死在突來車輪下安全太多。但是什麼時候，這個社會的行與止才不再是檯面下無以言明的潛規則，而能有一套透明、公正而明確的規範，該行則行，該止則止，行止之間的條文讓人信服？那才是一個更讓人期待的時代。

▼這是北京五道口附近的一條馬路，人行燈已經閃著紅色，行人依然大膽前行。

院長是誰？噓，這是祕密

雖然在文革期間，宗教做為人民的精神止痛藥，被壓制、被禁止，但是隨著大陸經濟高速發展，一切朝利益看齊，人心迫切需要有所依靠，宗教活動異常興盛。就我比較了解的基督教來說，除了得到國家認可的「三自」教會和國際教會，還有許許多未加註冊的家庭聚會場所。三自教會是得到大陸官方認可，不受境外教會管理和干預，「自治、自養、自傳」的中國基督教新教、中國天主教教會；國際教會也得到國家認可，但教會和政府有一些協議，教會答應政府只傳教，在傳教過程中不涉及當地的政治。想進入國際教會需持護照方可進入，不開放給當地民眾。

週日我習慣帶著孩子去科學院南路某棟科技大樓下方聚會，這裡是一個國際教會，牧師是美國人，有自己的樂隊。我很喜歡來這邊聚會，每週一次，可以聽見神的話語，同時，在這裡也可以碰見來自臺灣的基督徒。聚會之後，臺胞們很有默契地走到一起，共享午餐，才各自離開。

今天來了新朋友，潔西（為保護當事人隱私，用了化名）是院方從臺灣高薪聘請來的醫師，因為同是臺灣人，我們雖是初次見面，卻聊得相當愉快。從潔西那裡聽到，原來在大陸經營醫院是一件非常辛苦的事，因為大型醫院都是國家的，省級、市級、基層小醫院則面臨許多問題。第一，醫學院的好學生不願來，第二，病人也不願意來。買的、賣的都心不甘情不願，彼此愈是不信任，就愈是經營困難，設備自然更落後了。為改善經營，院方有時願以高薪聘請「外來的和尚」希望改善狀況。潔西就是醫院從臺灣請來的復健師。

潔西說，第一天上班，遇見的病人就說：「妳是臺灣人哪？妳是哪裡畢業的？可以給我看妳的畢業證書嗎？」拿出畢業證書，病人才相信眼前穿著白大褂的是一位真正的臺灣醫師，不是蒙古大夫。潔西很困擾，因為要隨身帶著畢業證書。

後來，慢慢熟了，病人開始和潔西聊八卦。聽說，你們臺灣的某位演藝人員，嫁給浙江的一個商人，是二婚（二度結婚），所以很低調。潔西又覺得困擾了，一邊看病還得邊聽八卦，特別是病人問她，她要是答不出來，病人便露出「妳這個臺灣人，怎麼什麼都不知道」的不屑神情。

再熟一點，病人開始向潔西打探內幕消息。最讓潔西吃驚的是，他們最常打聽的問題竟然是：「你們醫院的院長是誰？」她說出來，我們同桌的臺胞都覺得不可思議，這有什麼好打聽的？臺灣的診所，不是都把院長的名字掛在最醒目的位置嗎？

但是潔西說，院長的身分是外人不知道的大祕密！而且，就連內部員工，要進院長辦公室，都得先刷職工卡。為什麼會這樣呢？原來是怕被病人或病人家屬砍殺。這個答案更離譜了。大陸醫病關係非常對立，病人不相信醫師（有太多無執照的蒙古大夫），不相信醫師開的藥（假藥太多，院方與藥商勾結），不相信醫療行為（醫師為賺取醫藥費而開了一大堆檢查）。

二〇一二年三月二十三日，哈爾濱還發生了一起未成年病人砍殺醫師的事件。當時，一位未滿十八歲的李姓病人，因患有僵直性脊椎炎，到哈爾濱醫科大學附屬醫院的風溼免疫科進行住院治療。醫生了解李姓病人患有肺結核，建議他先到治療肺結核的哈爾濱胸科醫院檢查。李做完檢查後回到哈醫大醫院，把檢查結果交給醫生。醫生解釋說，因治療僵直性脊椎炎會對肺部造成影響，所以建議他應先治好肺結核後再回來進行治療。李姓病患認為被兩家醫院的醫生推來推去，以為醫師不想為他看病，便心生不滿。到醫院對面的超市買了水果刀，回到哈醫大醫院砍殺醫師，釀成悲劇。

比新聞更嚴重的是，在事件發生之後，大陸的騰訊網轉發這則新聞，並做了調查，問大家看完這則新聞後心情如何。參與調查的人數是六千一百六十一人，選擇「高興」的竟然高達四千零一十八人。也就是說，有六成五的民眾對砍殺醫師的事件感到「高興」。

選擇高興的四千多人心裡在想什麼？沒有調查資料。我只能說，這說明了一個問題，就是大陸社會信任感的消失，表現在醫病關係上。醫療系統是一個由國家掌握的龐大機構，病人的地位、社會關係以及與醫師的私人交情等多方面因素，決定了這些有限的醫療資源被如何配置。身為一個普通病人，要怎麼醫治、做哪些檢查、吃哪些藥物、達到怎樣的醫療效果，處於任人決斷、任人宰割的地位。當一個人面對一個龐大到他無法掌控的系統，而身心原本就處於一個脆弱狀態時，很容易就會產生敵對的情緒。

我想，那被砍傷致死的醫生，不過是這個社會不信任的體系中，醫病對立下的無辜受害者。

無處不在的槍文化

在大陸念書的期間，校方有什麼事，都是透過郵件通知學生。如果習慣了臺灣郵件中溫和婉約的口氣，初次接觸到大陸方面的郵件書寫方式，一顆心會嚇得怦怦跳。因為其措辭之嚴厲，用字之嚴肅，叫人看了非常不舒服。

比方說，關於畢業翻譯的選題，從點開信件後，就會看到一大堆「不可以」：不可以選純文學作品、不可以選科普類書籍、不可以選人文社科類通俗讀物……幾個不可以下來，幾乎全部的書都不可以了。只好拿著想要做畢業翻譯的原文書，急乎乎地跑去中心詢問。可是當面見到老師之後，卻發現老師非常和氣，連聲說著：「可以啊、可以啊。」這個也可以，那個也可以。

為什麼會這樣呢？大陸的書面文字，為什麼這麼強硬呢？記得多年前，臺灣一位綜藝節目的大哥曾在節目中說，《Top Gun》這部電影在臺灣譯作《捍衛戰士》，在大陸卻譯為《好大一把槍》，這個笑話笑翻了全臺觀眾。雖然事後證實這是一個誤傳，大陸譯名其實是《壯志凌雲》，不過說來，算是歪打正著嗎？在大陸人的用字遣詞中，確實存在著一種槍文化。

這也不奇怪。毛澤東說過「槍桿子出政權」，大陸的政治天下是槍桿子打出來的，他們的文化天下也是用槍桿子打出來的，其中一位重量級的文化打手就是魯迅。魯迅在中國大陸文化思想上的地位，可以從中學課本中選用他作品的數量看出端倪，在這方面除了毛澤東本人，沒有其他作家能出其右。

當初大陸在立國之初，政府曾經給出一個承諾是，新的政權不同於歷史上的封建王朝，也不同於西方的資本主義國家。要切割與西方的文化關連，免受來自外面世界的影響，為此他們曾經鎖國三十年；但是要切斷歷史，要把已經沉澱為群體無意識的文化遺產完全剷除，這個任務要困難得多。這種時候，原本的溫良恭儉讓是沒有用的，這裡需要的是一把手術刀，把「過去」從文化體中切割去除。

而魯迅犀利的思想，尖銳的言詞剛好符合了這一需求。因此他的《狂人日記》成了每個中學生的讀書日記，他的祝福是對舊社會體制的祝咒，也成了對新社會的祝福。

如果一個體制的巨人尚不足以擔當切割舊文化的主刀者，那麼不用擔心，還有流行文化在一邊輔佐。

啊？那時的大陸也有流行文化？

有的，這是當時的一首暢銷歌曲。歌名叫做〈接過雷鋒的槍〉。

雷鋒本名叫做雷正興[1]，是中國共產黨打造出來的好人好事代表。那個朗朗上口的名字，想來是紅了之後，「大人」幫他改的吧。在許多漢字當中，為什麼偏偏選上了「鋒」這個字，看了歌詞就會明瞭。歌詞第一句就是：接過雷鋒的槍。整篇歌詞可以說是對「鋒」字最清楚不過的注釋，同時也是槍文化的最好注釋。鋒是刀鋒，是槍。或許讀者會問，雷鋒象徵的不是助人為樂嗎？怎麼又是槍呢？要知道，所謂助人，助的是自己人，是忠貞於同樣政治理想的志同道合者。但是對不同意見者，對異議分子，要像秋風掃落葉一樣，毫不留情。所以當初樹立的雷鋒形象本是一把雙面刃，對著符合同一目標的同志，要表現出助人為樂的一面；但對異己分子，要毫不留情加以剷除。

文革已經過去三十多年，但是文革時期的政治用語卻成為一種「文化遺產」，保留了下來，現在的文字中依然刀光劍影。後面附圖是一位大陸中低層企業家的發言稿，我在北大念書時，教授中翻英的老師用這篇文章做為範文，來講解在中翻英過程中，如何進行文化上的翻譯。因為如果譯者是英美出身的，照著字面的中文來翻譯，老外可能聽得霧煞煞，想說，這是怎樣呢？難道又要開始打仗了嗎？為什麼幾乎每一個小子句中，都可以看到「戰略性」、「產業高地」、「前沿」、「突破」、「占據主動」等這一類戰場上才會使用的詞彙呢？果然是商場如戰場！其實這樣的感嘆不全對，因為在大陸，很多經濟文化藝術商業方面，都有著這樣的槍文化藏在文字當中。

記得前幾年臺灣有一本暢銷書，叫做《零極限：創造健康、平靜與財富的夏威夷療法》（2009，方智），大家應當不陌生。這書介紹了一種用於療癒的夏威夷古老心法，釋放內心有害能量，讓個人通過感恩與懺悔將耗費於記憶中的能量，轉化為接收靈感的能量。通過恢復個體的內在平衡，達到宇宙萬物的平衡。可是，要怎樣回到零極限的狀態呢？作者提出用四句話來完成，這四句話是：「謝謝你」、「對不起」、「請原諒」、「我愛你」。

巧合的是，在大陸經過文革之後，政府曾經一度大規模地推廣文明禮貌用語，或許是他們也覺得文字中的肅殺之氣太重了，這是現在的年輕人或年輕學生難以想像的事。當時，在每一間教室裡，都貼出禮貌用語，這些禮貌用語是：謝謝你，對不起，請原諒。雖然少了我愛你，但是大體可說與零極限的四句治療用語非常接近。細想起來，文革之後大陸官方推行的所謂「禮貌用語」和夏威夷古老心法的用語相似也不全然是巧合，後者是要治癒受到傷害的個體，前者則是要彌合一個受傷的社會。

前陣子《南方都會報》上有一則新聞，標題是「紅衛兵就文革殺人懺悔，受害家屬：你認帳，佩服你」。當時我原本想，這個社會終於也出現這一幕了，有人出來認錯，不是被指認，是出於良心主動認錯，然後被傷害的人會說，好的，我原諒你。原本我已經拿好面紙了，但是沒想到，被害家屬接下來說的是：「但永遠不會原諒你。」

這依然是一把槍，耍了一個文字遊戲的花槍。多可惜啊。可見，從說「對不起」，到「原諒你」還有一段漫長的路要走。一個社會需要勇氣出來認錯，也需要學會擁有寬容的心，學會原諒。期待這個社會從習慣開口說：對不起、請原諒、謝謝你、我愛你開始，走出一條精神療癒之路。

1 雷鋒（1940—1962），原名雷正興，中國湖南省長沙市人，長久以來被中國共產黨塑造成革命象徵與模範，是人民的學習榜樣，並利用媒體宣傳「學雷鋒活動」，包括「學習雷鋒，好榜樣，忠於革命，忠於黨」等宣傳歌曲，過去在大陸一直是「好人好事」的代名詞。

1 北大中翻英老師用來做示範的原文，是一位中低層企業家的發言稿，這樣的文字風格在大陸非常普遍。短短百來字中，就有「戰略性」、「產業高地」、「緊盯前沿」、「占據主動」這麼多的軍事用語，可見文字當中隱藏的槍文化。

2 北大的雷鋒宣傳看板。

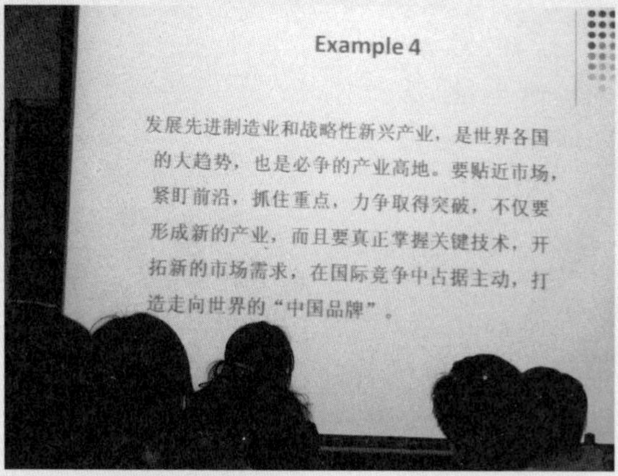

1
2

併桌

當地人常說，現在北京都沒有春天了。一暖和，冬天直接變成了夏天。昨天的風還像刀子一樣，吹在臉上皮膚都會痛，今天風一停，大太陽當頭，讓人只想穿著春衣出門。

下午時，帶小寶去五道口的美食廣場。不曉得是因為假日還是好天氣的關係，去用餐的人特別多。我們抽了號碼牌，在外頭等了很久，終於有一個四人座位空出來了，如果願意併桌就可以和另外兩位客人一起用餐。併就併吧，我和小寶走了進去。走在我們後面的是兩位青澀的年輕人，看起來還是大學生模樣。

我和小寶點了兩份套餐，一份披薩套餐，一份是鍋貼。輪到同桌的年輕人點餐時，男孩一口氣點了牛排和義大利麵套餐，又加點了披薩和炒飯，再另點了兩份蛋糕。我們的餐一下就上齊了，之後便是他們的餐點不斷地被送上來，每上來一道，我們家小寶都瞪大眼睛，發出「哇」的聲音，還站起身來靠過去，被我拉回位置坐下。他一定很想當他們家的小孩吧！

我想，對面坐的該是所謂的富二代吧。兩個年輕人點的餐足夠四、五個人吃。男孩豪邁地掏出四張毛澤東（四百元人民幣，約臺幣兩千元），之後開始熟練地切牛排，女孩有些擔心地說：「這樣是不是點太多了？」男孩說：「又不是常來，吃吧。」

女孩挑了幾根義大利麵，過了一會兒說，好奇怪，我有個同學每次都傳笑話給我，真奇怪。為什麼總是傳笑話給我呢？男孩繼續切牛排，不作聲。女孩又說了一回，只傳笑話，這是什麼意思呢？

男孩說：「他是暗戀妳吧。」

「那他都沒有寫一句話。」

「傳笑話就是希望妳開心唄。」

女孩笑了笑，不再說了，兩個人繼續用餐。

男孩放了一塊牛肉進嘴巴，問道：「妳等下吃完，要去哪裡？」

「去醫院，看我媽。」

「想請妳去聽音樂會的。嗯，對，妳媽生病了。」

女孩驚喜地問：「你怎麼知道我媽生病了？」

男孩說：「上回妳說晚上要去那兒，我就知道了。」

女孩寬慰地笑了。猶豫了好一會，怯怯地問：「想去醫院，見見我媽嗎？」

男孩繼續切牛排，眉都不皺一下，毫不猶豫地說：「在那種場合見面，妳說，好嗎？」

我抬起頭來望著這對戀人，男孩穿著灰黑的格子外套，微捲的頭髮，一看便是生活在都市的富裕小孩；女孩的穿著和髮型都有些土氣，人卻生得細眉細眼，算得上秀氣。

此刻女孩只用叉子一直捲著義大利麵，往裡捲，又往外捲，捲來捲去卻不往嘴裡送。那雙細長的眼睛用力地眨啊眨地，是想把溢出來的眼淚眨回去吧。

帥氣的富二代男孩覺得怎樣的場合才是見面的好地方呢？是應當帶著鮮花，約在一個高檔的餐廳或是國家音樂廳嗎？對富二代男孩來說，人生是一場布景華麗的偶像劇，鮮花牛排西餐廳，貧困疾病生老病死是不合情節的安排，是入不了鏡的場景。這些外在的形式，比給女孩和生病的母親帶來安慰更重要許多吧！

我好想對女孩說，如果富裕只是讓人生變得華麗，而不管人生剩下的老、病、死，這樣的富裕太表面，也太膚淺。只有以妳的快樂為快樂，為妳的傷心而傷心的男人才會與妳白頭。我想對她說，回封信給傳笑話給妳的男同學吧，沒說話的簡訊才是春天啊。不過，我被小寶拉出去了，他想出去玩了，也免得我說出好像別人的媽會說的話。

寧在寶馬裡哭，不在單車後笑

好友澎澎在北京海淀區新落成的商務中心裡租了一間房子，小小的心理諮詢中心開幕了。幕後金主是澎澎的朋友，是出錢的人；澎澎是心理諮商師，也就是出力的人。

商務中心的建構非常現代，進出是密碼鎖，室內是樓中樓。大概考慮到很多在北京經商的是外地人，所以樓中樓的一樓除了入口處的衛浴、廚房，整個是沒有隔間的大開間，非常適合洽商；二樓是兩間對門的小房間，比較適合居住。澎澎租下商品房，一樓成為她的工作室，心理師的工作室優雅而大方，二樓的兩個房間，一間供澎澎居住，一間自然是金主的，金主本人不在北京，他讓法國海歸派兒子住了進來。

看著氣派的辦公室，我拍著澎澎的肩膀說：「恭喜啊！」澎澎卻苦笑著說起一樁尷尬事。

原來法國海歸派除了多金，還很多情。春天回到北京之後，在五月底的某一天，就帶了兩個女孩回來，說是朋友生日。玩晚了，女孩回家不安全，借住一天。澎澎想了想，既然女孩回家不安全，只好媽媽級的女人自己回家啦！於是晚上便搭地鐵回到了北京郊區的家。

九月的時候，澎澎在諮詢空檔，又接到海歸派的一通電話，說晚上有個朋友要來住，方便嗎？澎澎立即回答：「方便、方便。」當晚澎澎又回到郊區老家裡。把二樓的空間讓給了男孩。第二天，澎澎說，她特地比平時九點上班時間晚了一個小時到。一開門，發現一樓的辦公桌上有個精緻的小碗，裡面裝著蛋炒飯，旁邊的小茶杯裡還倒了杯水。一張小紙條貼在茶杯手柄上，上頭寫著：「這是溫水。」

法國海歸派果然很體貼。澎澎依著心理師的直覺，覺得女孩還在樓上，便故意弄出些聲響來，免得女孩下樓時尷尬。果然，五分鐘之後，樓上傳來洗漱的聲音，沒多久一個女孩滿臉羞紅地下樓了。澎澎一看，咦，九月的女孩不是五月底的那兩個女孩之一了。

女孩非常害羞，小口小口地吃著蛋炒飯，配著「溫水」。澎澎忍住笑，說道：「男朋友很貼心嘛。」

女孩的臉更紅了，喝下去的好像不是溫水，而是溫酒：「不好意思，我們才剛開始。」

澎澎嘟著嘴，對我說：「才剛開始就這樣？我們都是結尾時才這樣呢！結尾時，王子才和公主幸福地生活在一起。是不是？」

大陸這一代的年輕人婚戀觀確實非常開放。傳統的禮教被破了，西方以基督教為核心的倫理道德觀又被禁了，婚姻失去了神聖的意涵，所以才會有《非誠勿擾

2》裡離婚也跟結婚一樣大排場的場面。殊不知，抽掉教堂的背景，那一切的繁華不過是浮塵，一個華麗的荒誕而已。

多年前一個女孩在大陸的徵婚節目《非誠勿擾》中，喊出了「寧在寶馬（BMW）裡哭，不在單車後笑」的擇偶口號。這成了一個時代的聲音，而這個時代的聲音是耐人尋味的。因為在大陸，被視為一切哲學基礎與皈依的馬克思主義，其中也討論到了婚姻觀，這套理論曾經批判資產階級的家庭是建築在資本和利益上的。可惜十多億的腦袋被這套理論洗了三十年，自認為他們在社會進化上比別國都走得更前面更遙遠，而如今一句口號就把他們拉回原點。什麼寶馬與單車，說白了，不就還是落俗套落老套地選了資本與利益嗎？

中國大陸現代年輕人的婚姻中，現實利益的考量確實占了非常大的比例。他們的擇偶標準公然宣稱要「高富帥」、「白富美」，這六個字凸顯的是兩方面的特徵：一方面是外在的美與帥，可說是性的部分；另一個特徵就是在六個字中出現過兩回的，所謂的「富」，也就是金錢。可以想見，如此標準下的好婚姻就是在性與金錢方面可以帶來最大的滿足。

這是一個太物質的時代、太物質的社會。假如說，當今生產鏈進入大陸市場的是勞動密集型的低端產業，那麼在文化方面，恐怕因為種種原因，對人性深入思考的哲學、對更高智慧的思索與探究，這些高端文化都被拒絕了，或者被扭曲地接受了。最後的結果是文化產業只有通俗低端的部分能進入大陸，不得不說，這是一個更大的悲哀。

就為一個戶口

我是一個不太看電視的人，但是由同學轉載在人人網（類似臺灣的臉書，大陸自創的一個社群網站）上的《非你莫屬》讓我不由自主的點進去，一看就是好幾集，覺得中間值得觀察與探討的地方非常多。

有一集的大致內容是，北京大學心理學碩士黃小妮來到《非你莫屬》現場，希望可以找到她理想中的工作。可是出人意料的是，黃小妮一上臺，Boss 團的成員給予這位北大碩士極負面的評價，其中有一位女士先開口問道：「今天，如果拿掉妳的北大招牌，拿掉妳的心理碩士，妳還剩下什麼？」

這句話看似有道理，好像這位 Boss 已經可以看穿學歷、看穿專業，看到更內在的部分，但是其實這句話也不完全對。因為北大也罷，心理專業也罷，並不是一個外在的招牌，在北大念了心理學系，北大的環境、心理學的專業已經內化、改變了一個人，這已經成了她這個人的一部分，就像有機生命體的部分一樣。這就好像，有個人長得很漂亮，細細研究發現她其實只有鼻子長得漂亮，如果說，她不就是鼻子漂亮嘛，把她的鼻子拿掉，她的臉會是怎樣的呢？這兩個問題是一樣的。提出這個問題的 Boss 是不是太跋扈了呢？

但是這一說法似乎啟發了其他的女 Boss 們，她們如醍醐灌頂似的一一跟進，一一開口說道，對啊，除了北大，除了妳的專業，妳還剩下些什麼？更誇張的是，後面又加上了更攻擊性的語言：「妳看看妳那樣，站在那裡，站沒站相，吊兒郎當的……」

我不知道，這些所謂名企業的大老闆們是怎麼想的，或許黃小姐的站相是不夠優雅，但她畢竟是一個專業人才，不是一個媒體影視工作者，應該以專業知識、專業特長來衡量她，而不是以長相、站姿來衡量她。在一系列惡毒攻擊之後，非常神奇的，主持人張紹剛並沒有阻止 Boss 們不得體的言論，他非常「忠實」地把言論再解釋一遍給我們的北大同學和各位觀眾。節目的設置實在令人匪夷所思。可憐的應徵人黃小妮，忍過這一關又一關。終於有老闆看到黃小姐單純、率性的一面，願意給她工作機會。在雙方多次的選擇之後，到最後一輪時，黃需要在兩位提供具體職位和薪資的老闆中間做抉擇。

經過了前面的波瀾，還有老闆挺身，願意用她，而且開出的薪資也還不錯，一個是六千，一個是四千五（分別約三萬和兩萬兩千元臺幣，就一個剛畢業的學生來說，這個薪水不是太差）。但奇怪的是，黃最後卻選擇了拒絕。重點來了，當主持人問她，究竟是什麼原因讓她拒絕時，黃回答：「我要的是北京戶口（也就是戶籍）。」而兩家公司都無法承諾幫她辦理北京戶口。

這個答案似乎為前面所有的疑惑揭開了謎底。原本，在中國大陸，可以拿到北大清華的碩士，找一份像樣的工作根本不是問題，哪需要上節目，忍受一幫無知Boss的嘲弄、刻薄，因為她要的不只是工作，而是一個戶口。

為什麼戶口這麼重要呢？我想對不在中國大陸居住的人，或者外國居民來說，很難理解這個概念。因為戶口是中國特色的一部分，它揭示的是，城市與農村之間的差異、南方與北方的差異，大都市與小城鎮之間各式的差異、各式的不平等。我們只舉其中一個例子，就是如果北京的小孩要上清華北大，他們高考只要四百多分就好；如果江蘇的孩子要上同樣的學校，他們得考六百多。差這兩百分可能讓一個孩子的青春非常疲憊、非常辛苦。

如果說，在權力金字塔上位置的高低顯示出個體之間的差異，那麼戶口制度則固定了城市與城市、城市與鄉村、南方與北方之間群體的差異。得天地之獨厚物產豐富、又得人事上優惠制度的省分，與邊遠地區天不時地不利的省分之間的落差，可能叫人難以想像。

在這樣的差異之下，就算偏遠落後省分的孩子，盡了全力，用自己過多的努力補足了外部環境的差異，高分擠進重點大學，他面對的可能是城裡富裕孩子的嘲笑與排擠。如果他們的智慧只是讓他們在學業上冒出頭，而沒有培養出足夠的幽默自嘲來化解周遭的嘲弄敵意；如果他們的自尊強到讓他們認為在各種競賽中得到第一才是合理的結果，落後於人的答案只會帶來憤懣不平……這個後果是非常嚴重的。

前幾年有一樁轟動社會的殺人案。兇手馬加爵是雲南大學生化學院生物技術專業，他的出生地是廣西壯族自治區賓陽縣賓州鎮馬二村一隊。他因為殘忍殺害了三個同學，被全國通緝。為了查出他殺人的動機，有個心理醫師特別做了調查，做出的結論竟然只是，殺人原因不是貧富差異，因為被殺的人跟他一樣貧窮。然而馬在臨刑前寫下的一段話卻是：「……誰知道那三個我自以為平時沒有歧視過我的同學、以為一直平等對我的同學，竟然惡語傷我，蹂躪我的人格……」

看了這段話讓人非常難過，馬姓男孩本該是個心智極高，容易招人怨忌的人吧？偏偏又纖細敏感，可以說是在長期的歧視之下，「幾個平時稍好點的同學」的嘲笑，就成了壓死駱駝的最後一根稻草，他失去了理智，做出喪心病狂的事。

事後，有「專家」在談話節目上嘆息說，好可惜，他已經念到大學三年級了，像雲南大學這麼好的學校畢業，是可以找到好工作的。他硬是把自己的前途給毀了。這段話是什麼意思呢？就是馬同學已經從最下一級臺階往上爬了一步，他的身分已經快要改變了，不應該再有最底層人的仇恨。然而就算他沒殺人，就算他幸運地往社會階層的臺階上挪了一步，但是原本的貧富差異、地方差異就因此而消失了嗎？

馬先生的個人故事與黃小姐應徵的經歷分別是兩個個體的語言，但放在同一個大語境下，他們說的是同一件事，那就是大陸社會在地理位置上、人文地理上嚴重的貧富不均。這是不是應該引起社會各界強烈的關注呢？一個聲稱消弭了不平等的社會，卻有著深不可測的一道鴻溝，橫亙於不同城市之間、城市與鄉村之間，橫亙於不同的個體之間。

昔日農民今日工

清華南門一進去左側，有一個出租和修理腳踏車的店鋪，老闆是山東人，人非常好。我剛來北京時，曾經買過一部腳踏車，每回鍊條掉了、龍頭歪了，我總是去找小老闆，他手腳俐落，三兩下就好，然後搖著頭說：「這點小事，不用收錢。」我總是疑惑著，世上還有這種好人？

後來有一天，腳踏車的坐墊整個掉下來，我跑去找他修，他仔細看了看，說道：「這個很費事的，要擰很多顆螺絲。要不，妳帶著小孩出去溜一溜，下午過來拿。」

我想，這回修車費一定很貴，他一定要把之前沒賺的錢一起賺回來。不過也是應該的，因為他真的幫我修了好多次車。帶著小寶吃完飯回來，他呵呵笑著說，車好了。我問：「那費用多少？」他依然呵呵笑著：「一元。」

小老闆是山東人，帶著老婆和一個三歲大的孩子來北京，在清華南門開了間小腳踏車行為生，一家三口擠在一間破舊的磚房裡。早上接送小寶去上學時，常常看見他們在磚房門口，就著外頭的水龍頭洗漱，下雪天也是如此。小寶看到時，總是嘀咕一聲：「他們好可憐啊。」但他們自己並不覺得苦，老闆娘每回看到我們，總是熱情和我打招呼，向我打聽小寶上學的事（因為我們同樣是沒有北京當地戶口的北漂族），然後喜孜孜地拿出兒子幼稚園的功課給我看。

在大城市裡，這些昔日農民的身影是常見的，修車行的老闆還算是能幹的，至少他還會擺弄腳踏車，有一技之長。那些沒有一技之長的農民工，生活在城市的最底層，靠粗重體力活換來的一點薪水，根本不足以在城市裡生活。雖然城市裡的高樓是他們一磚一瓦建築起來的，裡頭卻沒有他們的房間。施工場地附近，常常可以看見一些極簡易的棚舍，用纖維板隔出來的低矮空間，從灰濛濛的棉門簾拉開的一角中，可以看見用磚頭架起的木板，那就是他們的床，上頭的棉被就是他們的家當。吃飯就蹲在路邊，就著餐盒將飯菜往嘴裡送。北國中午的太陽讓人發睏，他們頭下隨便墊著什麼東西，最常見的是一塊磚頭，就可以睡著。像一百年前那樣，枕在磚頭上睡，已經夠可憐，更可憐的是，醒來之後這個世界依然是原來的樣子，他們多做一天工，就意味著不公平的分配又要再重複一回。

二〇一〇年，富士康發生了震驚世界的十四連跳事件（二〇一二年九月十二日又發生一起），媒體一致把問題癥結歸咎於臺灣老闆郭台銘以及他的管理制度，我想他們可能無意，或許是有意，不想也不敢觸及一個更大的問題，那就是農民工要如何在城市生活。我覺得富士康的自殺事件後面的原因還有三個：

第一，在量的方面，農民工付出的時間與收入的金額不成比例。在大陸改革開放之後，生活得到改善的是特權階層的人，普通的員工們，在基本薪資和勞工待遇方面，幾乎沒有實質性的改變。因此生活在社會底層的人，他們的生活並沒有多大改善。問題是，當今的知識分子也成了附庸：附庸高層、附庸商人、附庸通俗文化，很少再有人為弱勢者仗義執言了。所以，這些農民工的基本薪資、基本勞工權利得不到保障，也沒有曝光機會引起社會關注。

第二，在質的方面，就是如何去看待打工這件事，如何在質上面給打工這件事定位。西方現代管理學中特別強調一個詞——願景，把個人的願景放在一個企業的願景中，這麼做是要讓分工細緻的現代人在被物化之後，重新在工作中找回工作對個人的意義。有一本在國外、臺灣都銷售量極好的暢銷商管書，書名叫《QBQ！問題背後的問題》（2004，遠流），第一個問題，通常是老闆提出要求，員工問：為什麼要求我這樣呢？第二個問題，就是問題之後的問題是，想一想為什麼老闆會提這樣的要求？然後由第二個問題來討論，被物化的人如何重新以人的角度來思考。

這些新的管理商業理論雖然做為暢銷書出現在大陸書市上，卻沒有被納入當地群體的主流意識中，也就是沒有出現在教育體系中。新穎的經營管理文化輸入遲緩，大陸的主流文化又依然停留在馬克思階級理論，打工族不但無法對管理者產生認同感、對企業產生歸屬感，相對產生的是敵對的情緒。拿富士康來說，他們代工生產的蘋果產品，處於消費金字塔的頂端，而他們自身仍處在消費金字塔的最底層，對產品、對公司，他們完全沒有情感上的連接。

大家應該記得一個管理學的經典故事——有幾位工人在建築工地上勞動，一位路人經過，問他說：「請問，你在做什麼？」後面的三個答案，大概是每一個接觸過管理學的人都知道的，第一個工人說：「我在砌磚頭。」第二個工人回答：「我在建大樓。」第三個工人回答：「我在蓋一座教堂，那是通往天堂的路。」我想，第三種答案就是商業管理書籍試圖教育讀者的。而針對大陸勞工，可能要增加第四種答案，他可能會說：「我在砌磚頭，每砌一塊磚，我可以得到一分工錢，而我的老闆卻可以把高樓以天價售出。若分到磚頭上，他可能一塊磚頭賺一百元，而我每砌一塊磚，就又被剝削了九十九元九角九分。」這種心態長期累積下來，就是一種對立的情緒，是非常消極、負面的心態。

第三，我想單單兩方面原因，還不足以讓一個員工跳樓，因為同樣的差異也存在於大陸本土的私人企業中，他們為什麼不會發生跳樓事件呢？這就是第三點——在量和質方面都產生巨大的正面衝擊後，又少有同儕的側面心理支援。

反觀大陸的本土企業，我們常聽說上海幫、東北虎，就是一家公司裡包括老闆在內，大多數人來自同一個家鄉。舉例來說，清華園裡的照瀾院有一處菜市場，菜販大多操著安徽口音；散落北大校園各角落的影印店，裡頭的員工都使用湖南某小縣城的地方方言……這些在同一個家鄉環境濡染成長的人，在飲食起居上有著類似的生活習慣，在價值判斷、審美情趣上，差異也不會太大，共同面對外在壓力時，相同背景的文化就提供了一種心裡上的慰藉。

拿北大複印店來說，單面列印要花一角、雙面要花七分（大約三毛臺幣），這樣的價錢，就算七、八臺影印機整日不停地印，也沒有多少利潤可賺。但是，我常去的那家店裡，中午時總看見老闆娘帶著幾個年輕人，就著桌上從北大餐廳買來的幾樣菜，也許多加一份老闆娘自己炒的酸菜辣椒，總是吃得呼嚕呼嚕的。大概薪資少的不快，在酸菜辣椒一酸一辣下，也就平衡了吧。

而富士康需要大量員工，所以招聘進來的員工來自五湖四海，大陸不同省分間的差異，可能遠遠超出我們的想像。比方說，一個上海人與一個內蒙人，他們的生活方式、價值判斷，可能比中國人與美國人的差異要來得大，雖然他們用的同樣是中文。

一個來到富士康打工的農民，要面對勞動與收入不成比例；面對敵對的管理氣氛（或者，在他心裡認定是敵對的）；又沒有同儕的支持、陪伴，長期下來，了結一切成了唯一出路。這不是富士康的悲劇，是中國廣大農民的悲劇。離開熟悉的土地，他們除了要面對大陸本土的城鄉差異、南北差距，還得面對全球化經濟帶來的衝擊，如何調整他們的心態與就業環境，使他們享有基本的生活保障，讓他們老有所依，是大陸最大也最嚴重的問題之一。

有位農民工翻唱了汪峰的〈春天裡〉，這支短片被放上網路，被瘋狂轉載。如果你知道農民工的故事，這首歌會教你淚流滿面。最後，謹以此首歌詞紀念那些身在春風裡，眼淚卻忍不住流淌的農民工們。

春天裡　詞：汪峰

還記得許多年前的春天那時的我還沒剪去長髮
沒有信用卡也沒有她沒有二十四小時熱水的家
可當初的我是那麼快樂雖然只有一把破木吉他
在街上在橋下在田野中唱著那無人問津的歌謠

如果有一天我老無所依請把我留在那時光裡
如果有一天我悄然離去請把我埋在這春天裡
還記得那些寂寞的春天那時的我還沒茂起鬍鬚
沒有情人節也沒有禮物沒有我那可愛的小公主
可我覺得一切沒那麼糟雖然我只有對愛的幻想
在清晨在夜晚在風中唱著那無人問津的歌謠

也許有一天我老無所依請把我留在那時光裡

如果有一天我悄然離去請把我埋在這春天裡
凝視著此刻爛漫的春天依然像那時溫暖的模樣
我剪去長髮留起了鬍鬚曾經的苦痛都隨風而去
可我感覺卻是那麼悲傷歲月留給我更深的迷惘
在這陽光明媚的春天裡我的眼淚忍不住的流淌

◀走在都市巷弄裡的農民工。在大都市的尋常巷陌裡，走著這樣一群人，他們的家在遠方的鄉間，他們親手建築了一座座高樓，高樓中卻沒有他們的房間。他們只能每天戴著安全帽，行走在樓與樓的空隙間。

那些燕園的人與事

如今的北京大學，前身為燕京大學，校園內大多建築仍為燕京大學古蹟，北大校院因此也被暱稱為「燕園」。我在北大念書期間，一位親戚從美國來北京開國際學術會議，我自然領著他和他的太太參觀了北大校園。其間，我不無得意地介紹著校園景致的來歷，意思是「這裡不錯吧」。

沒想到這位在美國大學任教的親戚卻說：「我們美國的大學都是沒有圍牆的。任何人只要願意，都可以走進我們學校裡來。」

好吧，那確實是一個更高的境界，那是目前的中國大陸還無法企及的。就現在的大陸環境來說，圍牆還是需要的，圍牆在混亂的現代社會中隔出一個大觀園：外頭的世界曾經政治之風獨領風騷，如今商業之風盛行天下。雖然風是圍牆擋不住的，但是畢竟裡頭的學術氛圍要濃一些，裡頭的老師和學生更單純些，更天真傻氣一些，也更可愛一些。讓和我一樣貪念校園文化的人，樂意宅在裡頭，做個快樂的傻瓜。

離北大最近的距離

說起我見到的第一個「北大人」，該是門口的警衛了吧。新生入學報到那天，小寶還沒開學，於是我騎車帶著小寶去了北大校園，在東門入口處，被警衛攔了下來，要求我出示北大證件。當時，我覺得這些警衛可惡極了。大夏天裡，他們穿著灰綠色的制服，是很醜的綠，好像北京城裡蒙了灰塵的樹葉，臉上的皮膚晒成深褐色，簡直像剛剛出土的兵馬俑。

第二天，我又騎車帶著小寶去上學，警衛竟然沒看到我似的，什麼也沒說。我想，哼，兵馬俑也有偷懶的時候。進入校門後，我忍不住下車，想看看兵馬俑有沒有叫別人出示證件，奇的是，他果然對著其他要進入校門的人，好像機器一樣重複著：「請您出示北大證件。請下車推行。」我想，這真是見鬼了，我就不信，他見了我一回，第二天就認識我了。

誰知道，學校東門的幾個警衛還真的認識我了。因為，自此以後，我再進出校園，他們都不曾叫我出示證件。這些兵馬俑只會站在原地，臉上沒有任何表情，手臂也不動，只把手掌略抬高一點，似乎是請進的意思。

有一次，我帶著小寶快到北大時，他說口渴，要去校門口的販售亭裡買飲料，我讓他下車，先走幾步去停車。低頭鎖車的時候，突然想起來，警衛會不會不讓小寶進來。回頭看去，只見我們家小寶，一邊喝著飲料，一邊大搖大擺地晃了進來。而平日裡沒有任何表情的兵馬俑，此刻卻笑著對另一個兵馬俑說：「你看看這孩子，長得跟幅畫似的。」這回我才意識到，這些警衛不但識人有術，而且在灰禿禿的制服底下，還有一顆敏感柔軟的心。

和同學聊起這件事，小萍萍說：「鹿姐不知道啊，他們都是哲學家，永遠在對每一個要進北大的人重複三個哲學問題：你是誰？你從哪裡來？要到哪裡去？」娜娜也加入談話：「他們也是詩人，聽說每到六月的第四天，他們會憂傷地望著天空，感慨道：每年的這一天都會飄雨，因為老天要紀念一些人。」

警衛的薪水只有兩千人民幣出頭（臺幣約一萬元左右），福利是提供住宿，還有一床被褥（對那些從鄉下地方來都市的打工族來說，一床被褥就是他們全部的家當），保安工作看似輕鬆，其實非常辛苦。雖然北京的其他院校會提供一張桌椅，警衛可以坐在校門前，但是北大似乎比較注重門面的莊嚴、慎重，所以各個校門的警衛都得整天站著。對不了解北方氣候的南方人來說，可能不能體會其中的辛苦。北方春、秋兩季很短，漫長的夏天，太陽特別毒，晒在皮膚上有刺痛的感覺；冬天最冷的時候，零下二十度，大家都躲在暖氣房裡，出門即使只有十來分鐘，穿得再多也冷到骨子裡去。但是北大校門口的警衛，卻得一站好幾個小時，雪落在身上，他們也不去拂拭。

錢少、事多、離家遠，他們為什麼還要來應徵這份工作呢？無非就是因為身後「北京大學」那四個字吧。這裡是世界上離北大最近的距離。他們羨慕最高學府裡良好的學習環境，有機會見到各專業領域的名師，對此，負責警衛工作的校方領導也制定出一些優惠策略，鼓勵年輕警衛用下班時間去校園裡聽課、學習。

在北大當保安，因為便利學習而考上大學、研究所的總人數竟然高達三百人。在這三百人當中，有一位警衛甘相偉，是所謂的八○後，湖北隨州市廣水人，於一所普通的湖北經濟管理大學長江職業學院法律系畢業後，曾南下去廣州打工。於二○○七年來到北大做保安，次年考取北大中文系，之後投入文字的世界，把自己一路從學校門口的保安，走進北大教室成為最高學府裡一名學生的經歷寫成了《站著上北大》，並且邀請了北大校長周其鳳為書作序。

常聽人說，人生因為夢想而偉大。大概也可以這樣說工作吧，有些工作如此吸引人，因為它，讓我們離理想那麼近。

▼北大東門門口的警衛。

好樣的！北大少年

在我來北大之前，沒有聽說過柳智宇這個名字。來北大後，曾經聽同學說起，有個數學系的高材生，放棄了麻省理工學院的獎學金，在北京郊區知名古剎——龍泉寺剃度出家（龍泉寺因為身處北京近郊，常有清華北大的學生去出家，被當地人戲稱為北大清華分校）。當社會大眾開始質疑大陸的教育體系是怎麼了時，聽說北大校方的回應是非常得體的，他們說：「我們北大希望在各個領域都培養出專精的人才，也希望在我們的畢業生中可以出現宗教領袖。」

對這位數學系的出家男孩，我充滿了好奇。雖然我信的是基督教，但是我卻可以理解這位出家的男孩、一個天才型的人物對於理論的洞察，預示了他對變動中的社會有著比常人更深入的見解、見地，他必須以一種更深邃的方式來理解和詮釋這個世界，出家也是其中的方式之一。

前幾天才看到他出家後的文字，在北大耕讀社首次曝光（耕讀社是北京大學的一個社團組織，提倡閱讀中、外經典，清晨常常可以在校園裡見到他們晨讀的身影）。文字清新純樸，不見雕琢，是我在大陸見過最漂亮、乾淨的文字。最讓我動容的是他對「有朋自遠方來」這句話的詮釋。他說，遠方，不是外在距離的遙遠，而是心路歷程的距離。

我很小的時候，坐在教室裡聽老師講解這句話時，非常心動。那時的我只是簡單想像著，在遠方的阿姨來看我的情景。因為我小時候是跟著阿姨長大的，對阿姨比對自己的媽媽有更深的依賴。因此我的「有朋自遠方來」的畫面，就是阿姨從遙遠的江西來看望居住於江蘇的我，我覺得可以依在阿姨溫暖的懷裡是多麼的快樂。我從來不曾意識到，我與近在眼前的母親有著世界上最遙遠的距離，因為她的愛對我來說是束縛，是風箏上太短的線，年少的我因為這個羈絆，總不能飛得高、飛得遠、飛得如意。

初戀的時候，我總是覺得當時的男朋友後來離得遠了，我們去不同城市就讀大學，所以也就分開了。我從來沒有意識到，我跟他個性的差異、想法的差異、喜好的差異，那是另一個讓我心痛的、始終看不見的，或者說是不願看見的遙遠。

我想敏感聰穎如柳智宇，大概生活中也有些遺憾吧。他說：「她已走了，在我心中留下的，便是我的成長。」這句話意境深遠。我想，這個「她」不單是一個個體，更是世界，這個俗世的世界離柳君遠去了。他所需要的性靈成長，是要在這個世界之外去完成的。

這是我從生活在另一個精神世界的人身上，得到的些許啟發。我相信，假以時日，這位數學天才的話語可以激勵更多人，可以給這個浮躁的世界更多的安慰。

我得說，北大少年，好樣的。

我的美國文學教授

我的美國文學教授姓劉，是一位靦腆的老先生。第一回去聽老師的課，只見一個穿著深灰色夾克的老人走進教室，朝同學們望了一眼，簡單地說了句「我們上課吧」，就開始授課了。完全沒有教授的架子。

老先生說話的速度很緩慢，慢悠悠的，讓人覺得他脾氣非常好。而且笑起來的時候，非常害羞。讓人覺得老人家非常可愛。但兩小時的課上到最後十分鐘，對小說做總結時，老師卻判若兩人，加重了語氣、加快了語速，讓他本身就好像一本小說，娓娓道來，說的卻是灼灼真理。

我們第一學期的美國文學要念六本原文小說，第一次是老師介紹小說，第二回則由同學報告。當然依照北大外國語學院的慣常做法，課程全程要用英文的。

這下可難倒我了，對於一個本科不是英文的學生來說，短時間內先要讀懂大部分的原文小說，之後用西方文學理論來解讀小說，做成英文報告，簡直是要了我的命。只好下課時，厚著臉皮走到老先生面前，對他說了我的難處。他只是微笑著說：「沒關係，有想法，有觀點，用中文也沒關係。」

北大的教授們上課是不點名的，因為他們覺得自己的課講得精采，學生自然會來聽。有一天，老先生走進教室，卻拿出了學生名冊，他對著名冊，把學生一個個地認了，鬆了口氣。原來上個週末的新聞裡說，北大四個學生出去郊遊，快艇撞上纜繩，四個學生當場斃命。老先生一邊收起名冊，一邊自語：「還好，我的學生們都安全。」

老師有早起的習慣，早起之後，會看看報紙、聽聽新聞。有一天，開始上課後，老師突然用了中文，說起他早上聽的新聞，那是某位國學大師對大學章句的新解。他說，「明明德是說我們每個人生在世上，生來就有一種智慧，就有一種德性，叫做明德。這智慧、德性可能是沒有發現，也可能是因為一些欲望，把它遮蔽了。而教育就是明明德，讓那個明德彰顯出來。下一個應該是新民，新舊的新，人民的民。新是動詞，民是老百姓，通過教育改變人的思想，改變人的精神樣貌。而止於至善，就是設定一個最高的目標，這個至善是最高遠的理想，要設定一個高遠的目標，再不斷地努力。」似乎這位國學教授的新解頗合老先生為人師、做學問的心思，因此他洋洋灑灑地發揮起來，講了大約二十分鐘，完全忘了外語學院要用英文上課的規矩。

每回上劉老師的課，我總覺得受到特別多的啟發，所以有回下課時，便對老師說：「二年級確認導師時（我們這個學位的導師是二年級才確定的），可以請老師帶我嗎？」老師依然慢悠悠的說，他要帶博士，還有比較文學的學生，臨走前，他又補充一句：到時候再看吧。我當時以為，可能老師婉拒了我。

一晃眼就到了一年級期末，院裡急呼呼來了一個通知，要我們一週內確認導師。我想劉老師學生多，我就選其他教授吧。在學生意見交上去的第二天，我接到院裡打來的電話，原來劉老師一看我們遞上去的名單，選他的學生當中沒有我的名字，他便撥了電話給外院，說：「你們弄錯了，還有一個學生選了我的。」院裡就是來確認我的意向。雖然我已經和其他教授聯絡了，不便再改，但是接到這通電話卻讓我非常感動，原來老先生會把學生的話放在心上，他說的「到時候再說」，就是已經答應指導我畢業論文了。

在北大可以遇見很多名師，可是我倒覺得劉老師給我的啟發特別多。因為很多人出了名，難免職務變多、雜務也多，以致後來無心教學。而劉老師這樣，不為紛繁的俗事所擾，專心在學問上，並把對知識、對學問純然的熱情傳遞給學生，才是師中典範，讓學生一生受益。

新東方與東方教育

有一天，穿著一向嘻哈風的同學珊珊突然換掉了色彩斑斕的T恤，穿上了淺灰的西服和挺直的西褲。我笑問：「下課之後要去相親啊？」她悄悄在我耳邊說：「不是，要去面試。」看她又神祕又興奮的樣子，我又追問道：「面試要穿成這樣？是去哪裡面試？」她瞪大了眼睛說：「新東方。妳聽說過嗎？」

後來我才慢慢了解到，新東方是一個大陸補教業的傳奇，因為他們的老闆俞敏洪創業前是北大外文系的老師，更讓北大外院的每一個學生，甚至好些老師，對這一傳奇津津樂道。

一九六二年俞敏洪出生於江蘇省江陰縣的一個小農村裡，高考連續兩年失利，在第三年考取北京大學西語系，一九八五年畢業後留校任教。

當時中國大陸的改革之風初起，北大老師因為頂著最高學府的光環，補教業特別喜歡請他們去兼任教職。俞敏洪是一個重義氣的人，在外面任教的所得，他拿出部分來，捐給系裡做福利。

但是大家都在悄悄兼職，他這樣公然拿錢上貢，等於表明了他有二心，受到學校處分。當時，在一個不尊重個人隱私的社會，北大是在三角牆的高音喇叭裡廣播對俞敏洪的處分決定，大致是說，俞敏洪打著北大名號私自辦學，影響教學秩序，用今天的話說，就是讓北大教學秩序不和諧，記以大過。這種當眾羞辱很多人都無法接受，俞老師於是在一九九一年離開北大，兩年後，創辦新東方。

俞敏洪與妻子從一間破舊教室開始，經過了艱苦的創業期，十年後於二〇〇一年把新東方擴展為新東方教育科技集團，並於二〇〇六年在美國紐約上市股票。一個從英文補習班開始的民間教育機構，能夠成為今天名聞遐邇的國際級大企業，成就非比尋常。大家可能不了解，在北京這個地方，大大小小的高等學府超過一百家，其中更有許多是一流的院校，像北大清華，還有北京外國語學院、北京師範大學等等，在這樣高校密集匯聚的地方，一個補教能夠生存下來，並且到國外去上市上櫃，著實是一大傳奇。

就我個人來看，新東方是非常值得關注的個案，因為他的成功，同時也顯示出中國正統教育體系的缺失。新東方吸引學生最重要的一點是，有明確的目標。比方說它的托福班、GRE班，大學英語班（在大陸，大學生要通過國家英語四級考試才能拿到畢業證書；研究生則要通過六級英語考試）、考研培訓班，都有明確的目的。相較之下，正統教育體系內所設的課程，是籠統而不具針對性的。其實不單單是英文課程如此，有許多大學的專業課程都是因為慣例而保留下來，早已落後時代，不具備現實意義，這是國外大學的經營者無法想像的事。

同樣是學英文這件事，我們可以拿「Just do it」文化中的一個教育機構來做比對。美國的一些非營利組織，會對新移民開設ESL（English as a Second Language）課程，對這些新移民來說，他們學英文的目的可能不是去繼續深造，只是為了應付英語國家日常的生活。雖然一開始ESL的課程都是以英文文法、閱讀寫作等傳統的英文教育為主，但是主事者慢慢發現，即使這些新移民說了錯誤語法的英文，也不是最嚴重的事。比方說，他說了「The dog bite I.」這裡面的動詞忘記加s，賓語沒有用受格（me），那又怎樣呢？其實聽的人是會明白他的意思的。所以，近年來給新移民的ESL課程就做了很大的調整，不再只著重於文法與閱讀等能力的精進，而是增加了法律、商業、就業求職等實用類知識的比例。對這些移民來說，遭到不幸時，怎麼用法律來保護自己；賺了錢，要怎麼辦理買房買車的手續而不受騙，要比說出正確漂亮的英文重要很多。

由此可以看出，怎麼學、學什麼，終究是由「為什麼而學」來決定的。那麼這又扯出另一個問題——教育的目的究竟是什麼。我覺得，在中國大陸，教育最主要的目的，不是讓受教育者獨立思考，去改變社會，建立一個更好的社會。相反，他們這個國家最重要的目的是維持現在的社會秩序，不要有所改變，除非改變僅僅侷限在某個專業領域之內。所以說到底，教育的目的和以前古代科舉的目的是一樣的，就是選出來的新科狀元是得現有文化之精髓，能夠融入現有社會文化中的。坦白說，在這個社會上最重要的、最需要學習的，依然是處世的圓融、待人的圓滑，具體學什麼並不那麼重要。懂得在這個社會中不能做什麼禁忌，可能比懂得做什麼更重要。

這樣看下來，你可以說新東方的成功其實沒什麼，只是符合了學員對應用英文的實際要求，找到了一個獨特的市場，並把這一塊市場經營得不錯，僅此而已。但是你也可以說，新東方的新是在於，讓學生學了之後，可以做點什麼。雖然目前做的只是個人一些改變，但是誰知道，大家在思考它成功背後的原因時，會不會也來開始重新思考一下，「學習」這件事呢？

有趣的是，看到新東方的商標，突然想到東方「oriental」這個字的字根「orient」，也有「定位」的意思。最近大陸還以新東方創辦人的經歷為故事原型，推出了一部名叫《中國合夥人》（臺譯《海闊天空》）的電影。我真的希望，大國裡的那些人在看完電影之後，也可以來重新定位一下「學習」這件事。

一代才女趙蘿蕤

北大出過很多名人，因此校方很少特別去紀念其中的哪一位。但是二〇一二年，適逢趙蘿蕤誕辰一百週年，北大外國語學院特別舉辦了盛大的紀念活動，盛邀各界老師、學者前來紀念知名翻譯家、比較文學家——趙蘿蕤女士。趙女士德才兼備，是外院學子們永遠的老師。

趙蘿蕤是浙江德清人，一九三二年畢業於北京大學的前身燕京大學，一九三五年畢業於國立清華大學外國文學研究所，後又赴美深造，獲得芝加哥大學的文學碩士和哲學博士學位。一九四九年後，回燕京大學任職教授、西方語言文學系系主任及北京大學教授。她的父親趙紫宸是中國二十世紀最具影響力的神學家，丈夫陳夢家是當年新月派[1]的重要詩人，以考古學和古文字揚名國內外。

趙蘿蕤和陳夢家學問非常高，為人卻極謙和，對同事、對學生都是如此。但是即便這樣溫和的人，在文革中也在劫難逃。北大校院西側的民主樓曾經是外院老師的辦公室，趙蘿蕤曾經在此辦公，但是有一天，這間辦公室裡的老師被陣陣哀嚎聲所震驚，從窗外看下來，幾個紅衛兵揪住趙女士的頭髮，把她的頭往牆上撞，哀嚎聲正是以前一貫優雅的老教授趙蘿蕤發出的。

我特別希望後面這張照片讓每一個臺灣人看到。這張照片上寫著民主樓的建物好像是一個諷刺：牆裡是以前身為北大名師趙老師的辦公處所，牆外則是她身為政治異見者受紅衛兵虐打的地方。這一裡一外的兩個世界讓這棟建物成了一張歷史劇照，它提醒著我們，臺灣真正的好就在於建立了一個民主社會。在一個沒有民主的地方，政治依然是殘酷的，明天依然是不確定的。或許今天你身為投資者是座上賓，但是難說明天當你的意見與國家觀點不和諧的時候，不會成為他們的階下囚。商業合作、文化交流，沒什麼不好，但是別忘了我們的底線，這是不可改變的堅持。

雖然當時趙女士沒有被政治壓迫所壓倒，但是她的先生陳夢家不堪忍受這般凌辱，選擇用上吊的方式結束生命。這無疑給趙蘿蕤的人生投下致命一擊，讓她之後承受多年的精神分裂之痛。但她還是大陸老一代知識分子的典範，即使經歷這些之後，依然癡情地愛著她的國家。對服務多年的北大也始終不離不棄，一直執教至退休。

趙女士常為人樂道的兩件小事，頗值得一提。一是，她除了學問非常好，修養也非常高，欣賞高雅的藝術。我的教授在學生時代曾有幸隨同他的導師一同去拜訪趙老師，去了趙老師家，兩個老人家是多年的知交，也不客氣，趙老師對著教授的導師說：「來啦？聽哪個？還是普（契尼）嗎？」導師點點頭，於是，師徒倆坐下，陪著趙老奶奶聽了整齣的《蝴蝶夫人》歌劇，在聽到「啊，晴朗的一天」那首刻畫蝴蝶夫人對幸福的嚮往、期待丈夫回來團聚的曲時，老奶奶眼光泛淚，大概在她心裡，也是有著同樣的期待吧，雖然陳夢家此刻已和她天人永隔。

另一件小事，是趙老師自己常提及的，說是她一生最大的遺憾。她說，母親在生她時，父親趙老先生一如既往在樓上的書房看書。老僕人急匆匆跑上樓來：

「恭喜老爺，夫人生了。」

趙老先生說：「喔！是蘿蕤來了？還是景心來啦？」

原來老先生已經幫未出生的孩子選好了名字，男孩就叫景心，女孩就叫蘿蕤。

老僕人回說：「老爺，是蘿蕤。」

趙老先生停頓一下，說道：「那，我就不下樓去看夫人啦。」

敏感的心靈，一輩子為出生的第一幕感到傷感。

僅以此文紀念永遠的老師——一代才女趙蘿蕤。

1 胡適、徐志摩、梁實秋等人於一九二三年創立新月社，此派文學團體提倡現代詩歌格律化，強調詩歌語言詞彙運用，對中國新文化運動產生重要影響，又稱為新格律詩派。

▼ 北大校園西側民主樓。現在外語學院有些會議還是在這裡召開。

徵婚，限北大醜男一名

貼在北大某咖啡廳外的是一張徵婚啟事，紙張上的字跡潦草，看看內容，裡頭中、英文夾雜，文字草率而輕慢，不曉得她有沒有想過，什麼樣的人看了這樣的文字，還會來應徵？

征／爭　婚启事

誠爭一名丑男，要求不能帥，沒有安全感，学历本科以上，脾气好，顧家，有責任感。

本人女，So Common, Ordinary，Common Me Wanna Found Common U. Welcome to

Add QQ：7445885000　本人剩斗士

潘女士 Miss Pan Tel：13651172000　剩得不夠堅強。

果然，沒多久，這張徵婚啟事先被當作笑話，後來被某位「善良」的男同學拍了下來，貼在人人網上供人評論。有人戲謔的說，希望長得安全的人可以救人之急，但是看久了，竟然讓人不由得生出一些無端的悲哀來。

這位寫作者的心態頗值得推敲，若她真的「So Common」，希望找一位顧家安全的男士，何必大費周章地貼在北大咖啡廳的外頭呢？顯然是希望找一位北大才子，也就是一位北大醜男，說得更白一點，就是內在很不安全，外在很安全的人。這個外頭的安全也只是騙騙那個不安於Common的剩鬥士嗎？連徵、爭都不分，是要在幾位才俊中徵出一位優勝者呢？還是要與社會、與命運爭點什麼呢？落款應該是自我比較直接的顯露吧，這回連洋化的潘女士也被塗掉了，因為女士儘管算是洋氣的，還是說不盡的土啊，所以換成了全盤西化的Miss Pan。

在上頭所有的文字中，唯一真實的應該是「不堅強」三個字了，她真的非常不堅強，而這個堅強準確來說應該是堅定的意思吧？她對未來，要長相安全的「common」還是要才氣「uncommon」的北大男，她不堅定；對從現在通往未來的過程，是要徵一個安全的伴，還是要找一個傑出的依靠，與周遭爭個高下，她也不堅定；對於過去，從出生，到由出生到目前的經歷所塑造而成的自己，該定位成中式的潘女士還是洋化的 Miss Pan，她也同樣不堅定。

不知道怎麼的，就讓我想起了一首歌〈忐忑〉，由龔琳娜在二〇一〇年北京新春音樂會上首次演出。這首歌詞只由「嗯、喔、唉、喲」等象聲字組成的曲子，一度非常紅火，被稱為「神人、神曲、神表情」，演唱者豐富的表情、高超的技巧，詮釋的卻是一首內容任您想像的歌，也可以說是一堆沒有意義的發音符號。

大陸現在的問題是，社會現實已經發生了重大轉變，但在知識理論上，卻無法面對這個轉變、提出相應的理論，藉以解釋現狀、解釋改變，藉以安定人心。一個社會事件發生後，因為顧忌造成不和諧的雜音，所以報導事件的新聞不是去探究事件背後衝突的關鍵，或探究牽扯出哪些社會問題，而是為了表面和諧而採用粉飾太平的用語，於是自相矛盾的話語成了社會臉面最普遍的化妝品。

大陸社會現在最大的問題並非計畫生育，畢竟如果有門路或關係可靠，只要計算好生產時間，跑去國外生產，沒人特別告發，政府也就不聞不問；或者即便在國內，只要願意被罰款，很多人是可以有兩個孩子的。大陸最大的問題其實是迅速擴建，原來土地上的住戶要被強迫拆遷，礙於現狀卻無法給這些拆遷戶提供合理的補償，因此引發矛盾。曾經有一首民歌，歌名叫做〈中國，他的名字就做拆哪！〉每天都有大樓在崛起，而崛起的背後那些被驅離者的聲音，是被消音的。

偶有不服從者，就會發出一陣尖利的刺耳聲。前幾天，又有一位河南老人因為不滿被強制遷離而跳樓了。沒有新聞去分析老人跳樓背後的問題，他們創造了一個新詞，叫做：「自主性墜亡」。有網民順便把這類矛盾性詞彙做了整理，我們因此還可以看到：「盈利性虧損」、「維護性拆除」、「通脹式緊縮」、「（數據）增長式回落」、「結構性減稅」……

所以〈忐忑〉一歌紅起來不是偶然，因為歌曲迎合了當下大多數人的心理：處在一個變革的時代，向左走還是向右走，成了一個問題，這個不確定引發的群體情緒就是上下不定、忐忑不安。正如貼在名校咖啡廳外的紙條，好像春光乍洩，透露了族群內在的徬徨無措。叫人看到的不只是一個待嫁、期待把自己嫁掉的剩女心情，更是一個時代的縮影，依附在一個堂皇富麗的外表下：大國崛起的高調形象、高成長率的經濟表現、龐大消費人口隱含的無限商機……但是正如一顆飽滿的洋蔥，剝去層層外衣，內裡卻只有空泛二字可以形容。

▼北大咖啡廳旁的徵友（還是徵婚？）啟事，象徵著這個時代的縮影。

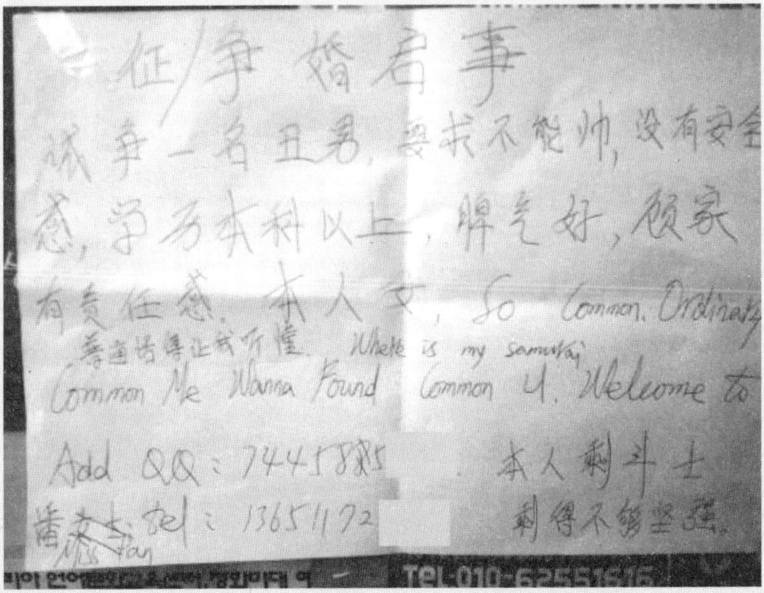

革命，從三角牆開始

北大景點最出名的有三樣，也就是所謂的「一塔湖圖」：塔是博雅塔，湖是未名湖，未名湖四季皆美，春天各式花開，夏天碧影悠悠，秋日楓葉火紅，冬天一片白雪茫茫，校方也特別闢出來一塊空地，作為滑冰刀的休閒場所。最後那個「圖」是圖書館。北京大學圖書館藏書豐富，在亞洲大學圖書館排名第一。北大還流傳一個笑話，說北大圖書館最是一個外行人看熱鬧，內行人看門道的地方。因為所有的外來人，遊客、旅客等各類訪客，大多選在圖書館前留影，而圖書館的博雅精深無遠弗屆是真正每天在裡頭鑽的北大生才能體會的。

儘管如此，我心中的北大，最棒的景點還是三角牆。

多年前也來過一次，那是一九八九年五月底，大概是因為學生都去了廣場，或者回家了，校園裡空蕩蕩的，只有一面牆的前頭聚集了幾十個學生，有位教師模樣的年輕人往牆上貼了一張大字報，我還記得文章的名字叫做〈布拉格之春〉，詳細解析了一九六八年發生在布拉格的自由民主運動。那個異國春天的故事，呼應著隨後在這個城市中心發生的事（天安門事件），預言了一個悲劇。我還記得當時因為個頭長得小，一直往前擠，想看清楚上頭寫什麼，害得那位在貼字報的年輕老師非常緊張，不斷提醒：「同學小心腳下，不要踢到漿糊。」我才不好意思再往前。只聽見後面同學小聲議論著，大概也是和當時的我一樣，是訪客、遊客之類的，他說：「這裡就是北大的三角地。五四運動就是從這裡的一張字報開始的，中國現代史上幾乎每一場大變革的發源地也都在這裡。」那時，我心中有種到聖殿朝聖的感覺。

三角地所處的位置很特別，它的東邊是北大的教學區，一棟棟教學大樓林立；南邊是百年講壇，各類藝文活動、世界頂級的演出都在此舉辦，讓一流才子們可以零距離地與一流藝術文化正面接觸；西面是各大食堂，匯聚了各地美食，物美而價廉；北面則是宿舍區。身處北大分界點的這一面牆上，總是貼著最新的言論、最新的觀點，好像一個泉眼，最鮮活最前衛的思想觀念汩汩奔流而出，滋潤著偌大的民族。從第一張字報開始，這些貼在牆面上的白紙好像在石牆上鑿開的窗戶，讓封閉幾千年的古國看到外面的世界，讓習慣於詠頌過往的民族開始看到未來。

這樣一個許多中國學子心中的聖地，在奧運之前，北京大學校方竟然以要在此處設立電子看板、發布學生社團資訊為由，於二〇〇七年十一月強制拆除。從我們進來北大念書開始，三角地就被一個藍色的護欄圍住了。臨時鐵護欄上張貼的都是兼職啟事、房屋出租通知、片片段段的商業訊息滿眼凌亂。臨時的牆上沒有了可以看見風景的窗戶，有的是商業資訊造成的千瘡百孔。經過時，我總是特別懷念那些黑白大字，一張字報就是一個思想體系的濃縮，教人靈魂不由得隨之震撼。只可惜，在這個商業的時代裡，整片思想體系已被片段的商業訊息粉碎、遮蔽了。大的思潮成了一件不合身體剪裁的大衣服，過時了。

1 北大秋天的未名湖。

2 五四運動、六四民運，北大學生都在此張貼海報，這裡就是中國民主思想的發源地。在奧運期間，校方竟然把歷史悠久的三角地海報牆拆除了。後方正在施工，聽說是要建學生活動中心，護牆上貼滿了零碎的商業廣告。

附錄

大陸常用語非官方辭典

【圖樣圖森破】

出處解釋：語出大陸前領導人江澤民。二〇〇〇年，江在北京接見下一任香港特首董建華。因媒體記者持續追問董建華是不是內定的欽定人選，江突然發起脾氣來，訓斥香港的媒體人「too young」，問的問題「too simple」，「sometimes naive（幼稚）」。這段後來被香港媒體製作成搞笑短片，在網路上瘋轉。

臺灣類似語：太傻太天真

造句：

甲：聽說大陸也提出中國夢一說，鼓勵大家去追夢。

乙：你以為中國夢與美國夢一樣？你真是「圖樣圖森破」！

【2B和SB】

出處解釋：2B原本是大陸北方方言，2就是傻的意思，據說取自於罵人話「二百五」的開頭，類似於臺灣的「腦殘」；後面那個字母則是一句罵人髒話「bi」的羅馬拼音開頭。這話流行起來是因為豆瓣網（大陸的社群網站）上曾舉辦一個活動，裡面有三張圖片顯示了三種青年：普通青年，文藝青年和2B青年。類似的說法還有SB，因為「傻」的羅馬拼音（shǎ）是S開頭。

臺灣類似語：腦殘，智障

情境模擬：有一天，三類青年人來臺灣旅遊，天氣預報卻說明天會有大颱風。此時三個青年的反應會是——普通青年（一般人），立刻去買一些泡麵、麵包儲糧；文藝青年，立刻去買香精蠟燭，以備停電使用；2B青年，立刻去買一個風箏，然後進門的時候不小心跌倒，風箏的線扯斷，風箏卡在門上。

【拚爹】

出處解釋：意指靠父母。現在大陸的年輕人，上學找工作買房子，靠自己都無法完成，所以就看誰的老爸厲害（有錢、有權或有勢），與臺灣愛拚才會贏的文化不一樣。過去臺灣經濟起飛時，大家打拚靠的是自己，在相對平等的機制下形成一個良性競爭的社會。而對岸靠裙帶關係、靠家庭背景的拚爹文化，則造就了現在所謂的富二代、貧二代、官二代、名二代。

臺灣相似語：靠爸

進階版：拚乾爹。有些沒有爹可以拚的年輕女性，用身體去「認」了乾爹。之所以說拚乾爹是拚爹的進階版，是因為爹由老天注定，而乾爹由自己決定。

造句：

甲臺胞：你們這裡的拚爹現象顯示出社會的不平等。

乙陸客：別客氣了！你們臺灣那什麼寶蓮的，不也是認了一個黃乾爹才出了名。

甲臺胞：拜託，那個陳寶蓮是大陸人哪！不過好吧，她乾爹是我們臺灣的沒錯。

【靠譜】

出處解釋：可靠的意思，最初也是北方方言，是反「離譜」之意而來的。

臺灣類似語：靠得住

造句：

志明：嫁給我吧，雖然我月領22K，但是省吃儉用也可以跟某小資男一樣買五千萬豪宅的。

春嬌：這話也太不靠譜了吧！你以為我沒看完新聞喲？其中四千八百萬是他爸媽付的！

【打醬油】

出處解釋：「與我無關」之意。據說這個說法是因為廣州某家電視臺，在路上採訪一位市民對香港藝人陳冠希的豔照事件有什麼看法？此廣東男子回答說：「關我鳥事，我是來打醬油（買醬油）的。」一時在網路上流傳開來。

臺灣類似語：關我鳥事

造句：

老師：王小明，走廊上的仿明花瓶是不是你打破的？

王小明：關我鳥事。我只是打醬油路過。難道要我穿越到明朝去買一個回來嗎？

【給力】

出處解釋：很棒、有幫助、給面子之意，出自閩南福建等地區。

臺灣類似語：夠力

造句：

老婆：啊，隔壁的王老五求婚居然只獻上一朵玫瑰，也太不給力了。怪不得總也結不成婚。

老公：妳才知道我的好啊。我當年至少也有五百朵吧！早知道還可以再多包一點，反正下一個喪家說要全部換掉。

【河蟹】

出處解釋：河蟹是「和諧」的諧音。二〇〇四年，中國官方提出以「和諧社會」為其發展目標，把不和諧的訊息直接加以移除，或者屏蔽。網路上就把這一動作稱為被「和諧」了，也寫作被「河蟹」了。網友批評政府的和諧舉動時也常用此詞代替，以避免發文「被河蟹」。

臺灣類似詞：消音

造句：

陸客老王：導遊先生，這什麼個情況？茉莉花開在高雄？茉莉花的那幫人跑來高雄啦？沒被河蟹啊？

臺籍導遊：您誤會了，茉莉花是我們的一家二手書店。不過，即便是你們茉莉花革命的那幫人來了，我們政府也不會河蟹他們的。他們可以像海蟹一樣，到處爬都沒關係的。

【坑爹】

出處解釋：意指被騙了。被騙的人不甘心，就用阿Q的精神勝利法調侃一下，把自己說成是坑（騙）人者的爹，以此占對方便宜，得到心理上的補償。這個詞在大陸非常給力。每回被騙，說一回，鬱悶立即得以釋放，讓你整天保持好心情。

臺灣類似詞：坑人

造句：

馬路邊一塊巴掌大的新疆棗糕，竟要價臺幣一千三，坑爹啊！

【屌絲】

出處解釋：該詞起源於二〇一一年李毅（前中國國家足球隊員）論壇與雷霆三巨頭（NBA奧克拉荷馬雷霆隊的三位球星）論壇的一次對罵。雷霆三巨頭論壇罵李毅「是個屌」，其粉絲就是「屌絲」，表示對其成員的蔑視。然而李毅的粉絲們卻意外覺得這個詞聽起來很酷，便拿來自嘲，後來在網路上傳開，泛指那些沒有爹可以拚（沒有家庭背景）、個人際遇平平、處於社會底層的人。這些人大部分是從鄉村到城市去打工，做粗重體力活，領取低薪，沒有社會保障。再後來，這個群體的指稱範圍又進一步擴及到社會中下層，成為非富、非官二代的集體戲謔與自嘲。至於那些在情場商場職場上滯銷的屌絲男，哪天若意外成功，就稱之為「屌絲的逆襲」。

臺灣類似詞：鄉民、魯蛇

造句：

屌絲將心托明月，奈何明月照土豪。

【淘寶體／元芳體／後宮甄嬛體】

淘寶體：在大陸淘寶購物網中，商家與客人互動的一種語言。為了取悅客人，商家會用特別親切可愛的語氣來說話。比方說，「親，妳訂購的內衣在情人節前會出貨哦！」因而受到年輕族群的喜歡與模仿。代表字是：親，哦……

元芳體：出自中國電視劇《神探狄仁傑》。李元芳是狄仁傑的保鏢，每當狄仁傑想要做什麼之前，都會徵詢一下元芳的意見：「元芳，你怎麼看？」後被網友用在網路上，每當寫了一些心情或感想後，版主常喜歡丟一句：「元芳，你怎麼看？」也有鼓勵網友來互動的意謂。

後宮甄嬛體：因為中國連續劇《後宮甄嬛傳》暴紅，其中很文藝腔的說話方式開始流行於年輕人當中。代表句是「某某事真真是極好極好的」或「賤人就是矯情」等。

臺灣類似語：瓊瑤體。代表句型是在形容詞前面加上「好」，如：你真是好壞好壞好壞的呀！

造句：

綜上所述，提供一段用詞造句短文做為本文的 Happy Ending：

親，

你怎還在此哦？風已經吹滿帆，鐵打泥號在等著你哦。

本宮還有幾句箴言：

你自幼生在好瓊瑤好瓊瑤的單純世界裡，
真真是極好極幸運的。
只怕到了對面，
難免遇上拚爹坑爹不靠譜的事，
周遭盡是2BSB打醬油的主兒。

凡事不要圖樣圖森破，
愛瘋搜搜元芳怎麼看。

親，最重要的是，記得哦，
陽光底下沒啥新鮮事，
不外是賤人愛矯情，屌絲自擾之。

後記

愛臺灣，那是一定要的啦！

每每從別的地方回到臺灣，都會聽到媒體一直在罵政府，我們每天生活在臺灣時，真的覺得臺灣怎麼那麼糟，老是有這樣那樣的事發生。但如果去一趟大陸，就會覺得臺灣真的很棒。也許在非華人地區，總會覺得那是不同的種族文化，但我們與大陸同樣身為華人，兩個社會竟相差這麼多。

看完整本書，不知道讀者能不能體會，在臺灣，我們的衣食住行都比較讓人放心。坐在回臺灣的飛機上，戴了耳機聽著〈四季紅〉、〈望春風〉，目光所及，不管認不認識，每一張友善微笑的臉，都讓人覺得臺灣真好，好得讓人感動。下飛機後在機場看到這些愛臺灣的標語，總覺得很能表達這種感覺。其實現在很多人都覺得臺灣和大陸的富裕程度差距已經沒有那麼大了，但無論如何，臺灣社會是很有愛的，也許這愛的差距還是很大的。

LOVE
TAIPEI

CITY
LOVE TAIPEI
planet

這本書能夠順利上市，要感謝很多人。首先感謝時報出版的編輯團隊：信宏、靜倫、睦涵，以及離職的鄭真先生（還有許多幫忙的朋友，我可能不知道他們的名字）。謝謝每個人在面對一個新人不成熟的文字時，在過程中費了很多心思，提出了許多很棒的點子。

其次要感謝茉莉二手書店的執行總監傅月庵先生和遠流出版的王榮文董事長。我感謝他們，不單單是因為他們為我進北大做了推薦，更重要的是，今天自己能夠走上寫作之路，也出自當初在遠流任編輯時的機緣。在那裡，讓我覺得離文字和這些出版前輩們那麼近。

最後還要感謝我的先生，讓我去北京念了兩年書，還有陪伴我忍受北方嚴寒和簡體字教育的高若峯小朋友。

真心感謝大家！

VIEW 021

拆哪！北京！臺灣媽媽的北漂驚奇

作　　者—藍曉鹿
主　　編—陳信宏
責任編輯—葉靜倫
責任企畫—曾睦涵
封面設計—耶麗米工作室
版面構成—果實文化設計工作室
內頁排版—極翔企業有限公司
校　　對—謝惠鈴、羅意瑜、葉靜倫
發 行 人
董 事 長—孫思照
總 經 理—趙政岷
總 編 輯—李采洪
出 版 者—時報文化出版企業股份有限公司
一〇八〇三　臺北市和平西路三段二四〇號三樓
發 行 專 線—（〇二）二三〇六六八四二
讀者服務專線—（〇八〇〇）二三一七〇五・（〇二）二三〇四七一〇三
讀者服務傳真—（〇二）二三〇四六八五八
郵　　撥—一九三四四七二四　時報文化出版公司
信　　箱—臺北郵政七九至九九信箱
時報悅讀網—http://www.readingtimes.com.tw
電子郵件信箱—newlife@readingtimes.com.tw
時報出版愛讀者粉絲團—http://www.facebook.com/readingtimes.2
法律顧問—理律法律事務所　陳長文律師、李念祖律師
印　　刷—勁達印刷有限公司
初版一刷—二〇一四年二月二十一日
定　　價—新臺幣二四〇元
⊙行政院新聞局局版北市業字第八〇號

國家圖書館出版品預行編目資料

拆哪！北京！臺灣媽媽的北漂驚奇／藍曉鹿　著
初版．-- 臺北市：時報文化，2014.02
面；　公分．-- (VIEW，21)

ISBN 978-957-13-5909-0（平裝）

855　　103001902

ISBN 978-957-13-5909-0
Printed in Taiwan